Felix Mitterer: EIN JEDERMANN

Felix Mitterer

EIN JEDERMANN

haymon verlag

Umschlaggestaltung: Heinz Hauser

CIP-Titelaufnahme der Deutschen Bibliothek

Mitterer, Felix:

Ein Jedermann / Felix Mitterer. – Innsbruck : Haymon, 1991

ISBN 3-85218-077-5

Satz: RSM, Reutte
Druck und Bindung: Wiener Verlag, Himberg bei Wien

Aufführungsrechte beim Österreichischen Bühnenverlag Kaiser & Co., Am Gestade 5/II, A-1010 Wien

PERSONEN:

Gott Vater
Gott Sohn
Gott Heiliger Geist
Teufel (traditionell und als Trouble-Shooter)
Tod (traditionell und als Bürodiener)
Jedermann (Generaldirektor)
Jedermanns Mutter
Jedermanns Frau
Jedermanns Guter Gesell (Bundeskanzler)
Armer Nachbar (Unternehmer)
Schuldknecht (Unternehmer)
Buhlschaft (Jedermanns Sekretärin)
Dicker Vetter (Kardinal)
Dünner Vetter (Primarius)
Mammon (Bankier)
Werke (Gewerkschaftspräsident)
Hungerndes Kind (afrikanisch)
Amputiertes Kind (orientalisch)
Hustendes Kind (europäisch)
1. Leibwächter
2. Leibwächter
Stimme von Mammons Sekretärin
Arbeiter, Vorstandsmitglieder mit Gattinnen, Mitarbeiter, Freunde, Männer des Sicherheitsdienstes, Servierpersonal

BÜHNE:

Chefbüro in Hochhaus (Schreibtisch, Sitzgruppe, Konferenztisch, Bar, Monitore, Lifttüren, Vorzimmertür)

1. TEIL

Morgen. Die Jalousien an der Glasfront sind halb geschlossen. Von weit unten aus den Straßenschluchten sind im Verlaufe des Stückes manchmal Polizei-, Feuerwehr- oder Rettungssirenen zu hören. Über dem Privatlift Jedermanns sind Leuchtzeichen: U 10 bis U 1, E, 1 bis 50, als letztes Zeichen ein G (für Generaldirektor = 51. Stockwerk). Von rechts außen beginnend, leuchtet ein weißes Dreieck auf, rast herunter und auf das G zu, so als ob der Lift von weit oben kommen würde. Zuletzt leuchtet das G auf, es klingelt, die Lifttüren öffnen sich, in der Kabine ein strahlend weißes Licht, aus dem Licht heraus und in den Raum treten Gott Vater, Gott Sohn, Gott Heiliger Geist. Die Lifttüren schließen sich wieder. Gott Vater ist ein etwas grießgrämiger, aber doch nachsichtiger alter Herr, glattrasiert, im guten, konservativen Anzug, mit Hut und Krawatte. Gott Sohn ist unrasiert, trägt Dornenkrone, T-Shirt, abgeschabte Jeans, Turnschuhe; an den Händen die Wundmale. Gott Heiliger Geist in ein unruhiges, flatterndes, lichtdurchflutetes Wesen; alterslos, geschlechtslos, körperlos. Die Drei schauen sich um, Gott Sohn geht zur Bar, schenkt sich einen doppelten Whisky mit Eis ein, trinkt einen großen Schluck, atmet genießerisch auf, geht zur Sitzgruppe, lümmelt sich auf das Ledersofa, legt die Beine auf den Tisch, holt Tabak und Zigarettenpapier hervor, rollt sich eine Zigarette, raucht dann. Gott Heiliger Geist geht zu Jedermanns Schreibtisch, betrachtet neugierig die Gegenstände darauf, die Telefone, den Computer, die vielen Tasten. Er drückt auf eine Taste, dadurch werden die Monitore eingeschaltet, die an Stahlträgern von der Decke hängen. Es erscheinen die laufenden Börsenkurse, auf anderen Monitoren sind Katastrophen zu sehen (Erdbeben, Feuersbrünste, Hungersnöte, Demonstrationen, Verbrechen, Krieg). Der Ton wurde mit eingeschaltet und es entsteht ein unbeschreiblicher Lärm. Gott Heiliger Geist erschrickt furchtbar, schaut zu den Monitoren, weicht entsetzt zurück, Gott Sohn wirft nur einen flüchtigen Blick zu den Monitoren, Gott Vater schaut mit leichtem Ärger zu Gott Heiliger Geist, geht zum Schreibtisch, drückt gleich auf die richtige Taste, die Monitore und der Lärm verlöschen, der Spuk hat ein Ende.

GOTT VATER: Gerichtstag.

Gott Sohn macht eine enervierte Geste, stöhnt auf, Gott Vater wirft einen strafenden Blick auf ihn.

GOTT HEILIGER GEIST: *(zeigt auf die Monitore)* Was ist das für ein Geist? Doch nicht meiner! Wie kann ein Geist so sein? Wie kann ein Geist sowas hervorbringen?

GOTT VATER: Der Mensch ist frei!

GOTT HEILIGER GEIST: Aber warum denn? Ich versteh' das nicht! Ich werd' das nie verstehn! Sie tun sich weh. Sie bringen sich um. Ein jeder ist des anderen Feind.

GOTT SOHN: *(nimmt die Beine vom Tisch)* Red' nicht so blöd! Davon verstehst du nichts!

GOTT HEILIGER GEIST: *(zu Gott Vater)* Muß ich mir das bieten lassen, Vater?

GOTT VATER: *(ärgerlich)* Streitet doch nicht immer!

GOTT HEILIGER GEIST: *(zu Gott Sohn)* Du Mensch!

GOTT SOHN: Danke!

GOTT HEILIGER GEIST: Du brutaler Mensch!

GOTT SOHN: *(steht auf)* Sei vorsichtig, du!

GOTT VATER: Kinder!

GOTT SOHN: Ich sag' dir mal was, Heiliger Geist! Ich wünsch' dir fünf Minuten! Fünf Minuten als Mensch! Dann würdest du merken, wie toll das ist. *(Schlägt sich auf die Brust.)* Das lebt! Das hat Kraft! Das hat Fleisch! Gott, bist du ein armes Schwein!

GOTT HEILIGER GEIST: *(flattert herum)* Hör auf! Hör auf! Laß mich zufrieden! Mich interessiert das nicht.

GOTT SOHN: Das Leid! Die Freude! Der Genuß! –

Sinne! Sinne, du Idiot! Gefühle! Du weißt ja nicht, wie schön das ist, du langweilige Vogelscheuche.

GOTT VATER: *(laut)* Schluß jetzt!

GOTT HEILIGER GEIST: Brutal! Brutal! Wie bist du brutal!

GOTT SOHN: Von mir aus. Auch brutal. Alles gehört zum Menschen! Alles! Oh, Gott! Noch einmal Mensch sein! Ich würde alles dafür geben! – Und wenn sie mich wieder killen! Und wenn das Blut nur so aus mir herausspritzt! *(Schreit:)* Leben!

GOTT HEILIGER GEIST: Pfui! Pfui! Pfui!

GOTT VATER: *(schreit)* Aus! Schluß! Was erlaubst du dir? Das ist ja ungeheuerlich! Was ist das für ein Benehmen? Du bist Gott!

GOTT SOHN: Entschuldige, Vater! Tut mir leid! *(Geht zur Bar, schenkt sich nach.)* Ihr hättet mich nicht mitnehmen sollen. *(Trinkt.)* Es packt mich. Es packt mich, Vater. Ich kann nichts dafür. Ihr kennt das doch nicht. Ihr kennt es nicht!

GOTT VATER: Sag einmal, bist du vollkommen übergeschnappt oder was? *(Schreit:)* Ich kenne alles!

Die Vorzimmertür öffnet sich, Buhlschaft (Chefsekretärin) kommt mit einem Tablett herein, sieht die höheren Wesen nicht, geht zu Jedermanns Schreibtisch, stellt das Tablett ab, auf dem sich ein Blumenstrauß in Vase, eine Thermoskanne mit Kaffee, eine Tasse und ein Glas Orangensaft befinden. Sie stellt die Gegenstände auf den Tisch, nimmt das Tablett wieder, schaut zu den Jalousien, drückt auf eine Taste am Schreibtisch, die Jalousien gehen hoch, das Morgenlicht strömt herein, der Blick über die Stadt wird frei. Gott Vater und Gott Heiliger Geist beobachten die Buhlschaft ohne sonderliches Interesse, Gott Sohn ist ganz hingerissen von Buhlschaft, geht auf sie zu, schaut sie sehnsüchtig an. Sie geht zur Glasfront, schaut über die Stadt hinaus, Gott Sohn stellt sein Glas ab, geht ihr nach, schaut sie an, hebt die Hand, berührt sie vorsichtig an der Schulter, sie merkt es, schaut erstaunt auf ihre Schulter, wischt leicht darüber, geht wieder zur Vorzimmertür und hinaus. Gott Sohn schaut ihr sehnsüchtig nach.

GOTT SOHN: *(leise, nachdem die Tür wieder zu ist)* Maria Magdalena ...

GOTT HEILIGER GEIST: *(zu Gott Vater)* Hast du das gehört?

GOTT VATER: *(es ist ihm lästig)* Ja ...!

GOTT HEILIGER GEIST: Maria Magdalena, hat er gesagt!

GOTT VATER: Ja, ja, ich hab's gehört.

GOTT HEILIGER GEIST: Er ist unbelehrbar. Unbelehrbar! Ich sag' dir, das war ein Fehler, daß du ihn heruntergeschickt hast. Auf diese Weise! Als Mensch! Ein Mensch kann doch niemanden erlösen.

GOTT SOHN: *(wütend)* Nur der Mensch kann den Menschen erlösen! Wer denn sonst, du Idiot?

GOTT VATER: *(müde)* Hör doch endlich auf, Sohn! Beruhige dich! Sei so nett!

GOTT SOHN: *(leise)* Ich kann mich nicht beruhigen.

GOTT VATER: Ich befehle es dir! Du hast mir zu gehorchen! Verstanden?

GOTT SOHN: Ich hab' dir immer gehorcht, in diesen 33 Jahren. Immer. *(Laut:)* Weißt du, wie schwer das war? *(Deutet auf Gott Heiliger Geist.)* Er hat schon recht! Du hättest mich nicht herunterschicken sollen!

GOTT VATER: Immer dieselben Vorwürfe!

GOTT SOHN: Weißt du, wie ich mich gefühlt habe, am Kreuz? Weißt du das?

GOTT VATER: Natürlich weiß ich das.

GOTT SOHN: Du kannst es nicht wissen. Sonst hättest du es nicht zugelassen.

GOTT VATER: *(liebevoll)* Ich weiß es, mein Sohn.

Gott Sohn breitet die Arme wie gekreuzigt aus, die Wundmale sind erstmals deutlich zu sehen.

GOTT SOHN: *(schreit verzweifelt)* Mein Gott, mein Gott, warum hast du mich verlassen?

Gott Vater geht zu ihm, legt ihm die Hand auf die Schulter, Gott Sohn läßt die Arme fallen, schaut verzweifelt vor sich hin.

GOTT VATER: Ich habe dich nicht verlassen. Wirklich nicht.

GOTT HEILIGER GEIST: Natürlich nicht. *(Zu Gott Sohn:)* Was spielst du dich auf? Was trennst du dich ständig ab von uns? Du bist nichts Besseres!

GOTT VATER: Ich war immer bei dir, mein Sohn. Immer.

Gott Sohn beginnt zu weinen, es schüttelt ihn, Gott Vater umarmt ihn, drückt ihn an sich.

GOTT HEILIGER GEIST: Jetzt heult er auch noch!

GOTT VATER: *(zu Gott Heiliger Geist)* Sei still!

GOTT HEILIGER GEIST: Wasser rinnt über sein Gesicht. *(Flattert herum.)* Ich werd' das nie verstehen. Wasser rinnt über sein Gesicht. Wasser! *(Flattert auf die beiden zu, schaut Gott Sohn ins Gesicht.)* Wie aus einer Quelle. Der Kopf ein Berg. Oder? Vielleicht auch Grundwasser. Es steigt von unten hoch. Innen hoch. Oder wie ...? Der Mensch eine Landschaft, die weint! Oder was? Ich werd' das nie verstehen!

GOTT SOHN: *(löst sich von Gott Vater)* Komm, Vater, bringen wir's hinter uns!

GOTT VATER: Gut. – Gerichtsstag. *(Schaut zu Jedermanns Chefstuhl:)* Da ist einer, der für viele und vieles die Verantwortung trägt.

GOTT SOHN: Ein Mensch!

GOTT VATER: Ja, ein Mensch! – Laß mich doch endlich zu Wort kommen!

GOTT HEILIGER GEIST: *(zu Gott Sohn)* Am Anfang war das Wort! Aber nicht deines!

GOTT VATER: *(zu Gott Sohn)* Ein Mensch. Ich weiß das. Brauchst du mir nicht zu sagen! Aber mit Macht! Mit Verantwortung! Er kümmert sich nicht. Um niemanden. Auch um sich selber nicht. Tötet die anderen und sich. Es muß Konsequenzen geben. Ein Exempel.

GOTT HEILIGER GEIST: *(zu Gott Sohn)* Jawohl! Ein Exempel!

GOTT VATER: Ich geb' ihm Zeit. Von jetzt an bis um Mitternacht. Er kann sich bewähren, wenn er will.

Gott Sohn akzeptiert die Entscheidung nur widerwillig. Gott Vater holt seine Taschenuhr aus der Weste, schaut darauf, schaut zum Lift. Über den Lifttüren leuchtet – von links außen beginnend – ein glühend roter Zakken auf, rast herauf und auf das Zeichen U 10 zu, so als ob der Lift von ganz weit unten kommen würde.

GOTT HEILIGER GEIST. Er kömmt!

Die einzelnen Stockwerke leuchten – in Rot – rasend schnell auf, zuletzt das G, die Lifttüren öffnen sich, in der Kabine steht in schwefelgelbem Licht der Teufel in traditioneller Gestalt. Er tritt in den Raum, die Lifttüren schließen sich wieder.

TEUFEL: Grüß Gott! Was steht zu Diensten?

GOTT SOHN: *(lacht auf)* Ist das eine lächerliche Figur!

TEUFEL: *(grinsend)* Ich weiß schon, daß ich dir nicht in den Kram passe.

GOTT SOHN: *(Setzt sich auf das Sofa, holt seinen Tabak hervor.)* Du bist im Spiel, was soll's? *(Rollt sich eine Zigarette.)* Du nimmst dich nur zu wichtig.

TEUFEL: *(grinsend)* Ich bin wichtig, Jesus Christ! Das mußt du doch bemerkt haben, wie du gewandelt bist auf Erden. Oder nicht?

GOTT VATER: *(zum Teufel)* Etwas mehr Respekt, bitte, ja?!

TEUFEL: Verzeihung! Verzeihung, gnädiger Herr und Gott! Er war ein Mensch. Das geht mir nicht aus dem Kopf. *(Empört:)* Er beleidigt mich!

GOTT SOHN: *(Zündet sich die Zigarette an.)* Wie kann ich jemanden beleidigen, den es überhaupt nicht gibt?

TEUFEL: Also, das ist doch ...! *(Schaut Gott Vater an.)*

GOTT VATER: *(zu Gott Sohn)* Warum mußt du mich ständig ärgern?

GOTT SOHN: Es gibt ihn nicht!

TEUFEL: *(lacht auf)* Ich glaube, der Junge wäre längst exkommuniziert, wenn er noch auf Erden wandelte.

GOTT SOHN: Da hast du allerdings recht.

GOTT HEILIGER GEIST: Also, ich misch' mich da nicht ein.

GOTT SOHN: Jaja, schweb' du nur über den Wassern! Ist auch besser so!

GOTT VATER: Jetzt reicht's mir aber wirklich! Bist du jetzt still oder nicht?

Gott Sohn hebt ergeben die Hände.

GOTT VATER: *(zum Teufel)* Also! *(Deutet um sich:)* Hier ist sein Revier. Tu' das Deine!

TEUFEL: Kein Problem! Der gehört schon mir. Schon lang. Vom Mutterleib ins schwarze Loch. Ganz selber hat er sich verzehrt. Der Vorteil ist ihm alles. – Er kann ihn nicht genießen. Das sind die ärmsten Schweine!

GOTT SOHN: Was weißt du, wer ein armes Schwein ist!?

TEUFEL: *(ignoriert Gott Sohn; zu Gott Vater)* Vielleicht noch ein paar Eskalationen ...

GOTT VATER: Gut. Ich geb' ihm ein paar Prüfungen noch, als Chance.

Der Lift – der kurz zuvor hinunter fuhr – nähert sich in normalem Tempo vom Erdgeschoß her, Gott Heiliger Geist sieht es.

GOTT HEILIGER GEIST: Er kömmt!

Sie schauen alle zum Lift, er kommt an, die Türen öffnen sich, es ist schwarz in der Kabine, der Tod steht in traditioneller Gestalt darin, über der Schulter die Sense. Er tritt heraus, die Türen schließen sich, klemmen das Sensenblatt ein, der Tod wird zurückgerissen, die Türen gehen automatisch wieder auf, weil sie auf das Hindernis gestoßen sind, der Tod, der sich gerade losreißen wollte, stürzt nach vorne und zu Boden, die Türen schließen sich. Gott Sohn bekommt wegen des Vorfalls einen Lachkrampf, der Tod schaut konsterniert hoch, faßt seine Sense, steht auf, stützt sich dabei an der Sense, schaut die Drei und den Teufel an, schaut auf Gott Sohn, der sich nicht beruhigen kann.

GOTT VATER: *(laut)* Hör auf!

Gott Sohn hört auf, muß aber weitergrinsen.

GOTT VATER: *(zum Tod)* Um Mitternacht soll's ihn treffen. Kündig's ihm an. Eine Chance zur Besinnung.

TOD: Wie Ihr befehlt, Herr und Schöpfer. Soll's auf bestimmte Weise gehen? Unfall, Mord, Selbstentleibung?

GOTT VATER: Mir ist das egal. Wie sich's trifft.

TOD: *(schultert die Sense)* Dann darf ich mich wieder verabschieden. *(Verbeugt sich:)* Seid gelobt, Dreieinigkeit!

Der Tod hat den Teufel absichtlich ingnoriert, geht zum Lift, die Türen öffnen sich, wieder Schwärze in der Kabine.

GOTT SOHN: He, Knochenmann!

Der Tod dreht sich um.

GOTT SOHN: Das muß ich dir schon noch sagen: Auch dich gibt es nicht, du Fasnachtsfigur!

Der Tod starrt ihn an.

GOTT VATER: Sag, Sohn, was echauffierst du dich so? Was soll das?

GOTT HEILIGER GEIST: Da hat er aber schon irgendwie recht, ausnahmsweise! Doch, doch!

TOD: Ich bin da!

GOTT SOHN: *(zu Gott Vater)* Es gibt ihn nicht! *(Deutet auf den Teufel:)* Beide nicht! Ich glaub' es nicht!

GOTT VATER: *(begütigend)* Es ist ein Abkommen. Ein Bild.

GOTT SOHN: Ich mag das nicht! *(Schaut den Tod an:)*

Der Sensenmann! Was soll denn das? Früher gingen die Menschen einfach über. Nicht unter. Nicht ins schwarze Loch. Nicht hinunter und nicht hinauf. Über. Überall. Mir gefiel das.

TOD: *(tritt vor)* Wofür haltet Ihr mich, Gott Sohn? Weiß ich das nicht? Weiß ich das nicht alles? Euer Vater sagte es doch: Ein Bild. Sie brauchen Bilder. Es hilft ihnen.

GOTT SOHN: Ach was! Eine Drohung ist es. Ich hasse Drohungen.

TOD: Ich mache das Bild nicht. Es könnte ein anderes sein. Es gibt auch andere. Ich bin vieles. Auch ein Tröster. Auch ein Freund. Wenn auch immer weniger. Ich hatte wirklich nie besondere Ambitionen. Ich wollte nur meine Arbeit tun, in Ruhe, wenn es an der Zeit ist. Aber durch ihn *(deutet auf den Teufel)* zwingen sie mich, zwingen sie mich herbei. Vor der Zeit! Manchmal bin ich wirklich müde.

Der Tod tritt in den Lift, die Türen schließen sich, der Lift fährt zum Erdgeschoß, kommt dann gleich wieder zurück.

TEUFEL: Ein sentimentaler Aff' ist das!

GOTT VATER: Ein Bild. Wie du. Wie wir alle.

GOTT HEILIGER GEIST: *(schaut zur Liftanzeige)* Er kömmt!

Sie schauen alle zum Lift, Gott Vater drückt sich die Hände ins Rückenende.

GOTT VATER: Ah, mein Kreuz!

Der Lift kommt an, es klingelt, die Türen öffnen sich, in der Kabine steht an die Rückwand gelehnt Jedermann (Mantel, Anzug, Aktenkoffer), hält sich die Hand ans Herz, verspürt einen Druck, einen Schmerz, denn der Tod hat ihm das vereinbarte Zeichen gegeben. Jedermann rafft sich auf, tritt aus der Kabine, die Türen schließen sich, Jedermann geht mit der Hand am Herz zu seinem Schreibtisch, legt den Koffer ab, zieht den Mantel aus und hängt ihn auf, setzt sich in seinen Chefstuhl, horcht auf sein Herz, holt eine Pillenschachtel aus seiner Rocktasche, nimmt eine Pille her-

aus, steckt sie in den Mund, trinkt vom Orangensaft, schluckt die Pille, lehnt sich zurück, fährt sich wieder ans Herz, wartet, es wird besser, er sieht den Blumenstrauß, schaut ihn an, schaut zur Vorzimmertür, stellt den Strauß beiseite, schaut zu den Monitoren, drückt auf Taste, die Börsenkurse, Börsennachrichten und Katastrophen erscheinen wieder mit Höllenlärm, Gott Heiliger Geist hüpft vor Schreck hoch, Jedermann drückt auf andere Taste, der Ton bricht ab, Bild weiter. Jedermann macht seinen Koffer auf, nimmt Akten heraus, legt sie vor sich hin, schenkt sich Kaffee ein, gibt Süßstoff dazu, zündet sich eine Zigarette an, trinkt vom Kaffee, studiert die Akten, macht Notizen, schaltet seinen Personalcomputer ein, tippt in die Tastatur, schaut auf den Bildschirm, ist bedrückt, hat Sorgen, ärgert sich. Die Drei haben ihm zugeschaut, Gott Sohn trinkt nun sein Glas aus, geht zum Lift, die Türen öffnen sich, Jedermann bemerkt es nicht, Gott Vater folgt, Gott Heiliger Geist schwebt tänzelnd hinterher, der Teufel schaut grinsend zu Jedermann, die Drei stehen schon im Lift, der Teufel sieht es, geht auch schnell in die Kabine, winkt Jedermann grinsend zu, die Türen schließen sich, rechts rast nun das weiße Dreieck hoch, gleichzeitig fährt der Lift nach U 10 und dann rast der glühend rote Zacken abwärts. Jedermann drückt auf Taste, nach einer Weile kommt Buhlschaft mit Block, Bleistift und einem Paket Glückwunschtelegrammen in der Hand zur Vorzimmertür herein. Sie hat ein schlechtes Gewissen gegenüber Jedermann, glaubt aber dennoch, richtig gehandelt zu haben.

BUHLSCHAFT: Guten Morgen, Herr Generaldirektor!

JEDERMANN: *(blickt nicht auf)* Morgen! *(Blickt auf, nachdenklich:)* Morgen ...

Buhlschaft ist leicht irritiert, geht auf ihn zu, küßt ihn auf die Wange.

BUHLSCHAFT: Alles Gute zum Geburtstag! *(Legt ihm das Paket hin:)* Glückwunschtelegramme ...

JEDERMANN: Danke. Außerordentliche Vorstandssitzung! 11 Uhr!

BUHLSCHAFT: Zwei sind im Ausland.

JEDERMANN: Was? Ich hab' doch gesagt, sie sollen sich bereithalten! Es brennt!

BUHLSCHAFT: Das sind zwei mögliche Abschlüsse! Wir können's brauchen!

Jedermann weist sie mit einem kalten Blick zurecht, sie geht vor den Schreibtisch, setzt sich auf einen Sessel, wartet in bewußter Sekretärinnenposition mit gezücktem Bleistift auf weitere Anweisungen.

JEDERMANN: Die beiden steigen ins nächste Flugzeug!

Buhlschaft notiert.

JEDERMANN: Meinen Flug stornieren und den Geschäftspartnern absagen. Alle übrigen Termine auch absagen. Die Finanzabteilung soll eine vorläufige Bilanz erstellen.

Buhlschaft notiert.

BUHLSCHAFT: Die zwei Pleitiers warten aber schon draußen. Soll ich sie wegschicken?

JEDERMANN: Nein. Die kauf' ich mir.

BUHLSCHAFT: Ihre Mutter wartet auch.

JEDERMANN: Meine Mutter? Was will sie denn schon wieder?

BUHLSCHAFT: Da bin ich überfragt.

JEDERMANN: Abwimmeln!

BUHLSCHAFT: Sie wartet bis Mitternacht, wenn's sein muß. Hat sie gesagt.

JEDERMANN: *(laut)* Ich hab' keine Zeit!

BUHLSCHAFT: *(laut)* Sie geht nicht! Sie quatscht mir die Ohren voll! Schießt ihre Giftpfeile gegen mich! Ich halt' das nicht aus! Die spinnt doch!

Jedermann schaut sie wieder kalt an. Sie nimmt den Blick wie einen Schlag entgegen, hält ihm aber stand.

JEDERMANN: Na, gut ... Aber zuerst diese zwei Versager!

BUHLSCHAFT: Der Gewerkschaftstyp kommt auch bald. Bleibt das?

JEDERMANN: *(unwillig)* Natürlich bleibt das! Von dem

hängt doch jetzt alles ab. Was ist los mit dir? Denkst du nicht mehr mit?

BUHLSCHAFT: Ich bemüh' mich. *(Schaut auf ihren Block.)* Übrigens: die halbe Regierung hat schon angerufen. Der Bundeskanzler, der Handelsminister, der Sozialminister. Dein guter Freund, der Bundeskanzler, war nicht sehr feundlich, heute morgen!

JEDERMANN: Die sollen gefälligst warten! Jetzt rufen sie an. Und sonst lassen sie sich ständig verleugnen.

BUHLSCHAFT: *(schaut auf ihren Block)* Ach ja, ein Anruf aus Caracas. Ihrem Sohn wurde der Paß abgenommen.

JEDERMANN: Was?

BUHLSCHAFT: Verdacht auf Rauschgifthandel.

JEDERMANN: Was? *(Steht auf.)* Das darf doch nicht wahr sein! Caracas?

Buhlschaft nickt.

JEDERMANN: Was macht er denn in Caracas?

Buhlschaft zuckt mit den Schultern.

JEDERMANN: Na, der kann was erleben!

BUHLSCHAFT: Er hat kein Geld. Die Botschaft sagt, ohne Kaution muß er bis zur Verhandlung im Gefängnis bleiben.

JEDERMANN: Dieser Idiot! Jetzt wird er kriminell auch noch! Ich hab' ein kriminelles Subjekt zum Sohn! Na, wunderbar! – Ruf diesen Staatssekretär an; du weißt schon! Er ist mir einen Gefallen schuldig. – Morgen will ich meinen Sohn hier sehen. Hier! An dieser Stelle! – Der diplomatische Kurier soll einen Scheck mitnehmen! Und das Flugticket! Business-Class.

BUHLSCHAFT: *(notiert)* Ist das alles?

JEDERMANN: Das ist alles!

Jedermann setzt sich, tippt in den Computer, Buhlschaft steht auf, geht zur Tür, greift nach der Klinke, hält inne, dreht sich um.

BUHLSCHAFT: Ihre Frau hat auch schon zweimal angerufen.

JEDERMANN: *(schaut sie nicht an)* Ich bin nicht da.

BUHLSCHAFT: *(zögernd)* Ich ... Ich hab' mit ihr gesprochen.

JEDERMANN: *(schaut sie nicht an)* Ja – und?

BUHLSCHAFT: Ich hab's ihr gesagt.

JEDERMANN: *(schaut auf den Monitor)* Was?

BUHLSCHAFT: Von uns.

Jedermann hält inne, schaut betroffen vor sich hin.

JEDERMANN: *(müde, gequält)* Warum denn?

Buhlschaft antwortet nicht.

JEDERMANN: *(schaut sie an)* Warum denn? Was soll das bringen?

Buhlschaft antwortet nicht.

JEDERMANN: *(steht auf, wütend)* Das ist eine der schwersten Stunden in der Unternehmensgeschichte! Ich hab' wirklich genug am Hals! Und da machst du sowas! Ausgerechnet jetzt!

BUHLSCHAFT: *(kommt näher)* Fünf Jahre sind wir jetzt zusammen. Auf den Tag genau. An deinem Geburtstagsfest hast du mich herumgekriegt.

JEDERMANN: So? Herumgekriegt? Ich dich?

BUHLSCHAFT: Ich will nicht mehr die Hure sein!

JEDERMANN: Komm! Werd' nicht pathetisch, ja?! *(Geht zur Bar, macht sich einen Whisky mit Eis.)* Gott, das hat mir gerade noch gefehlt! Sie wird mir die Hölle heiß machen!

BUHLSCHAFT: Sie war ganz ruhig. Sie hat gesagt, sie läßt dich gehen. Sie wird dich nicht vermissen. Weil sie dich ohnehin schon seit Jahren vermißt.

JEDERMANN: Sie läßt mich nie gehen! Nie!

Er trinkt von seinem Whisky, setzt sich, zündet sich eine Zigarette an.

BUHLSCHAFT: *(begütigend)* Thomas!

JEDERMANN: *(schaut Buhlschaft nicht an)* Raus jetzt! Du hast auch noch einen Job bei mir!

Buhlschaft geht zur Tür.

JEDERMANN: *(seine Schroffheit tut ihm leid)* Wenn das alles vorbei ist, reden wir nochmal drüber.

Buhlschaft dreht sich nicht mehr um, geht hinaus, schließt die Tür. Einen Moment später geht die Tür wieder auf, der Arme Nachbar will hereinkommen, wird wieder zurückgewinkt, schließt die Tür wieder. Ein Apparat summt, Jedermann drückt auf Taste.

STIMME BUHLSCHAFT: *(aus Lautsprecher am Tisch)* Ihre Gattin, Herr Generaldirektor!

Ein kurzes Musikzeichen.

STIMME FRAU: *(aus Lautsprecher, mit schwerer Zunge)* Hallo! Hallo! Verbinden Sie mich gefälligst, Sie Schnalle!

JEDERMANN: Was ist denn? Was willst du?

STIMME FRAU: Na, was denn wohl? Zum Geburtstag gratulieren natürlich!

JEDERMANN: Danke.

STIMME FRAU: Du warst nicht zu Hause, heute Nacht?

JEDERMANN: Nein! Laß mich jetzt arbeiten, bitte!

STIMME FRAU: Was glaubst du, was ich gerade mache?

JEDERMANN: Keine Ahnung. Mach jetzt kein Theater! Wir reden später darüber.

STIMME FRAU: Ich sitze in der Badewanne.

JEDERMANN: Na, wunderbar. Deshalb rufst du mich an?

STIMME FRAU: Mit aufgeschnittenen Pulsadern!

Aus der Tiefe – der glühend rote Zacken leuchtet auf – rast der Lift heran. Jedermann atmet verärgert durch, Buhlschaft kommt aufgeregt herein, schließt die Tür hinter sich, schaut Jedermann an.

STIMME FRAU: Ich habe gesagt, daß ich mit aufgeschnittenen Pulsadern in der Badewanne sitze! Vielleicht gibst du mir die Ehre einer Reaktion!

Der Lift ist da, es klingelt, die Türen öffnen sich, der

Teufel kommt als junger, elegant gekleideter Wallstreet-Broker herein, in der Hand einen tragbaren Personal-computer. Er geht zum Konferenztisch, stellt den Computer ab, macht ihn auf, setzt sich.

STIMME FRAU: *(währenddessen)* Hörst du mich?

JEDERMANN: Ja. ich hör' dich.

STIMME FRAU: Red' gefälligst lauter!

Jedermann sieht den Teufel, dieser holt gerade eine Diskette aus seiner Reverstasche, steckt sie in den PC, tippt auf eine Taste, schaut auf den Monitor.

JEDERMANN: Wer sind Sie?

TEUFEL: *(grinsend)* Ich bin der Trouble-Shooter.

Buhlschaft nimmt erst jetzt den Teufel wahr.

STIMME FRAU: Das gibt einen Skandal, das versprech' ich dir! Ich hab' einen Abschiedsbrief an die Zeitungen geschickt!

JEDERMANN: *(zum Teufel)* Hauen Sie ab, verdammt! Ich kann Sie jetzt nicht brauchen!

Der Teufel grinst, arbeitet.

STIMME FRAU: Hörst du mich?

JEDERMANN: Das ist doch lächerlich, Brigitte. Du hast doch auch deine Liebschaften! *(Zum Teufel:)* Verschwinden Sie endlich! – Brigitte! Bist du betrunken?

STIMME FRAU: Oh, nein! Ausnahmsweise nicht! Nur Beruhigungsmittel! Glaubst du, es ist leicht, sich umzubringen?

JEDERMANN: Aber warum denn? Ich hab' dir doch nichts getan!

STIMME FRAU: Das ist es ja. Du tust mir nichts. Ich spür' dich nicht. Als ob ich mit einer Leiche leben würde. Mit einem Gespenst. Ich halt' das nicht mehr aus.

BUHLSCHAFT: Ich ruf' den Primarius an.

TEUFEL: *(leicht, nebenher, ohne aufzublicken)* Nein.

Buhlschaft schaut nicht zum Teufel, zögert kurz, nimmt

eines der Telefone am Schreibtisch, ruft den Dünnen Vetter an. Der Teufel grinst überrascht, wiegt anerkennend den Kopf. Wir verstehen nicht, was Buhlschaft sagt, weil sie am Telefon flüstert.

STIMME FRAU: *(währenddessen)* Wer war das? Ist sie da, die Hure?

JEDERMANN: Also doch! Blöde Eifersucht! Sonst nichts!

STIMME FRAU: *(weinend)* Sie soll gehen! Sie soll gehen! Das ist eine Sache zwischen uns! Immer ist sie da! Immer ist sie bei dir!

BUHLSCHAFT: *(legt auf, flüstert zu Jedermann)* Er fährt hin.

JEDERMANN: Brigitte! Ich verlaß' dich nicht!

Buhlschaft wirft einen Blick auf Jedermann (»spielt er nur?«).

STIMME FRAU: Sie soll geh'n! Ich will allein mit dir sprechen!

BUHLSCHAFT: *(laut, Richtung Lautsprecher)* Ich geh' schon! *(Geht zur Tür.)*

TEUFEL: Nein.

Buhlschaft bleibt stehen, dreht sich um.

BUHLSCHAFT: Das ist typisch für mich. Sofort geb' ich auf. Ich bin ja nur die Geliebte. Die Geliebte hat das Feld zu räumen. Warum eigentlich?

JEDERMANN: Geh' doch! Bitte!

BUHLSCHAFT: Siehst du nicht, wie schön ich bin?

JEDERMANN: *(verzweifelt)* Sie hat sich die Pulsadern aufgeschnitten!

TEUFEL: Theater.

BUHLSCHAFT: Ach was! Theater!

STIMME FRAU: Schmeiß sie raus! Schmeiß sie endlich raus!

Jedermann ist hin- und hergerissen.

TEUFEL: Sie ist häßlich –

BUHLSCHAFT: Sie ist häßlich, alt, vertrocknet. Ein Klotz an deinem Bein!

STIMME FRAU: Fristlose Kündigung! Ich verlange die fristlose Kündigung!

TEUFEL: Nein.

JEDERMANN: Nein! Sie weiß alles! Alles! Sie kann unsere Firma ruinieren!

BUHLSCHAFT: Und ob, Frau Generaldirektor! Ich hätte schon auch Stoff für die Zeitungen!

STIMME FRAU: Ich bitte Sie, Frau Rita! Sie bekommen doch auch andere Männer. Wer ist er schon? Er ist doch nichts Besonderes.

BUHLSCHAFT: Ist er nicht, nein. Ich nehm' ihn trotzdem.

TEUFEL: Kratz ab.

BUHLSCHAFT: Und jetzt kratz ab, Alte!

JEDERMANN: *(zu Buhlschaft)* Bist du wahnsinnig? Halt endlich den Mund!

STIMME FRAU: *(heulend)* Wo ist mein Sohn? Wo ist mein Sohn?

TEUFEL: Der hat die Flucht ergriffen.

JEDERMANN: *(gleichzeitig)* Der hat die Flucht ergriffen vor dir! Wie alle!

STIMME FRAU: Oh, Gott! Oh, Gott! *(Rutscht unter Wasser, gurgelt:)* Oh, mein Gott!

JEDERMANN: Brigitte! Brigitte! *(Zu Buhlschaft:)* Raus!

Buhlschaft geht zur Tür hinaus.

JEDERMANN: Brigitte! Brigitte! Hörst du mich?

STIMME FRAU: *(prustend, hustend)* Ich kann nicht mehr! Das wirst du büßen! Das wirst du büßen! Mein Aktienpaket hab' ich deinem ärgsten Feind vermacht *(bekommt wieder Wasser in den Mund)*, daß du es weißt! *(Gurgeln, Husten)*

TEUFEL: Ersauf.

JEDERMANN: Ersauf! Ersauf! Bin ich dich endlich los!

Geräusche des Badewassers, Poltern.

STIMME DÜNNER VETTER: Thomas!

JEDERMANN: Ja?

STIMME DÜNNER VETTER: Ich hab' sie!

JEDERMANN: Bist du's, Primarius?

STIMME DÜNNER VETTER: Wer sonst?

JEDERMANN: Stimmt das mit den Pulsadern?

STIMME DÜNNER VETTER: Ja! Schaut aber schlimmer aus, als es ist. Sie schafft es schon.

TEUFEL: Einsperren.

JEDERMANN: Bring sie in deine Klinik! Sperr sie dort ein! Absolutes Stillschweigen!

STIMME DÜNNER VETTER: Ja, ja! Mach' ich! Servus!

Knacken. Stille. Jedermann geht zur Bar, schenkt sich Whisky nach, zündet sich eine Zigarette an, setzt sich erschöpft auf das Ledersofa. Die Vorzimmertür öffnet sich, Buhlschaft kommt herein, hinter ihr sieht man den nervösen Armen Nachbarn. Buhlschaft schließt die Tür, kommt her.

BUHLSCHAFT: Na, was hab' ich gesagt? Theater! Und davon läßt du dich beeindrucken!

JEDERMANN: *(sieht den Teufel)* Sie sind immer noch da? Hauen Sie ab, ich hab' Sie nicht gerufen!

TEUFEL: Ich bin der Trouble-Shooter, ich sagte es schon.

JEDERMANN: Raus oder ich hol' den Sicherheitsdienst!

TEUFEL: *(schaut auf seinen Monitor)* Die Kurse stehen nicht besonders gut.

JEDERMANN: Was? *(Geht zum Teufel, schaut auf den Monitor.)* Was ist denn da los? – Das gibt's doch nicht!

Jedermann schaut auf einen der Monitore, die von der Decke hängen, stellt fest, daß dort von einem Kursabfall nichts zu sehen ist. Er schaut wieder auf des Teufels Monitor, wieder zu den anderen.

JEDERMANN: Das stimmt doch nicht! Schauen Sie da rauf!

TEUFEL: *(schaut nicht hinauf)* Da sind die wahren Kurse, Herr Generaldirektor! Glauben Sie mir! Meine Informationen sind die besten. Immer etwas den anderen voraus.

Jedermann schaut zum ersten Mal den Teufel genau an, dieser erwidert den Blick, lächelt. Jedermann schaut wieder auf des Teufels Monitor.

TEUFEL: Glauben Sie mir nicht?

JEDERMANN: Doch. Es muß so kommen. Wackeln wir zu Hause, stürzen wir in der ganzen Welt.

TEUFEL: So ist es.

Jedermann schaut deprimiert.

TEUFEL: Wir kriegen das schon hin. Keine Sorge! *(Nebenbei:)* Waschlappen.

BUHLSCHAFT: Du Waschlappen! Jetzt hast du sie wieder am Hals!

TEUFEL: Wohnung.

JEDERMANN: Ich möchte dir eine Wohnung schenken. Zu unserem Jahrtag.

BUHLSCHAFT: Danke. Ich hab' schon eine. Nichts Luxuriöses, wie du weißt, aber für mich reicht's.

JEDERMANN: Eine Wohnung für uns beide!

BUHLSCHAFT: *(stockt)* Du ziehst zu mir?

TEUFEL: Ja.

JEDERMANN: *(gequält)* Nicht ganz. Noch nicht!

Der Teufel schaut überrascht.

BUHLSCHAFT: *(lacht auf)* Eine Absteige! Danke! *(Geht zur Tür.)*

Der Teufel tippt in seinen PC.

TEUFEL: *(schaut auf den Monitor)* City. Renovierter Altbau. Penthouse. 200 Quadratmeter. Dachgarten. Lift. Blick zum Dom. Annehmen.

Buhlschaft dreht sich um, will nicht nachgeben.

TEUFEL: Annehmen!

BUHLSCHAFT: Na gut ...

TEUFEL: *(grinsend)* Kuß!

Buhlschaft geht zu Jedermann, küßt ihn auf die Wange, er lächelt erleichtert, sie schaut ihn an, sieht, wie fertig er ist, bekommt plötzlich Mitleid, umarmt ihn. Der Teufel schaut angeekelt. Buhlschaft geht zur Tür.

BUHLSCHAFT: Ich schick' den ersten rein.

Buhlschaft geht hinaus, läßt die Tür offen, Jedermann setzt sich an seinen Schreibtisch.

TEUFEL: *(tippt ein)* Wir schreiben's als Gästewohnung ab.

JEDERMANN: Was? – Ja, ist gut.

Durch die offene Tür kommt der Arme Nachbar herein (Anzug, Krawatte, Aktentasche), schließt die Tür hinter sich.

ARMER NACHBAR: Danke, Herr Generaldirektor, daß du Zeit hast für mich.

JEDERMANN: Zeit hab' ich keine. Aber bitte ...

Jedermann deutet auf den Sessel vor dem Schreibtisch, Armer Nachbar setzt sich, stellt die Tasche zwischen seine Füße.

ARMER NACHBAR: War schwer durchzukommen heute morgen. Alle Brücken blockiert. Die ganze Stadt verstopft. Arbeiter. Tausende von Arbeitern. Sie sammeln sich am Heldenplatz. In ihrer blauen, drekkigen Kluft. Mit den gelben Helmen. Nicht einmal gewaschen haben sie sich. Damit sie ja recht proletarisch aussehen. Diese Arschlöcher, diese primitiven! Es ist wie vor 100 Jahren! Wie vor 100 Jahren! Mein Urgroßvater hat es mir erzählt, als ich ein Kind war, im Matrosenanzug, mit glänzendem Scheitel. Aber damals kam die berittene Polizei. Mit den Säbeln! Und als das nicht mehr half, da kamen die Soldaten. Feuer! – Und heute? Heute kommt das Fernsehen. Kommen die Politiker. Knien sich vor ihnen nieder. Erfüllen die absurdesten Forderungen. Setzen uns Unternehmern das Messer an den Hals. Damit sie bei der nächsten Wahl wieder die Stimmen kriegen. Die Stimmen des Pöbels! Warum zählt jede Stimme gleich? Kannst du mir das sagen? Die Stimme des allerletzten Primitivlings in meiner Firma wiegt genauso viel wie meine! Ist das richtig? Ich hasse drei Dinge wie nichts auf der Welt: die Arbeiter, die Politiker, die Demokratie!

JEDERMANN: Halt mir keine Vorträge, komm zur Sache!

ARMER NACHBAR: Ich bin bei der Sache, lieber Freund. Gestern haben sie mich ruiniert, morgen bist du dran! Oder schon heute! Es sind deine Arbeiter, die sich gerade zusammenrotten.

JEDERMANN: Es sind nicht meine Arbeiter. Sie sind nicht mein! Sie sind frei. Ich bin nicht dein Urgroßvater.

ARMER NACHBAR: *(lacht)* Na, sicher sind die frei! Freigestellt nämlich, was?

JEDERMANN: Das werden die Verhandlungen ergeben. Bist du gekommen, weil du dir Sorgen um meine Firma machst?

ARMER NACHBAR: Du weißt, warum ich komme. Damit du mir hilfst! Nur – als ich die Proletenmassen sah, da dachte ich mir: Mein guter Nachbar, mein lieber Freund, vielleicht kann er mir gar nicht mehr helfen, vielleicht kracht er selber.

JEDERMANN: Dazu bin ich ein wenig zu groß, mein Freund! Wenn wir krachen, dann kracht das ganze Land.

ARMER NACHBAR: Ja, du bist groß, ich weiß.

JEDERMANN: Und du am Ende, nicht wahr?

ARMER NACHBAR: Nicht am Ende –

JEDERMANN: Du hast dich übernommen. Du hast deine Grenzen nicht erkannt.

ARMER NACHBAR: Ich hab' mein Unternehmen korrekt geführt!

Der Teufel tippt in seinen PC.

JEDERMANN: Wer fragt danach? Die Bilanzen zählen, die Dividenden.

ARMER NACHBAR: Ich könnte den Konkurs noch abwenden. Durch eine Kapitalaufstockung. Aber die Banken geben mir kein Geld.

TEUFEL: *(schaut auf seinen Monitor)* Wen wundert's?

Armer Nachbar schaut erstaunt zum Teufel, nimmt ihn erst jetzt wahr.

TEUFEL: *(zeigt auf seinen Monitor)* Schauen Sie sich das an!

Armer Nachbar steht auf, geht zum Teufel, schaut auf den Monitor, Jedermann tut es auch.

ARMER NACHBAR: Woher habt ihr meine Bilanz?

JEDERMANN: Du bist nicht nur am Ende, du bist absolut tot.

ARMER NACHBAR: Wir waren eine Dynastie. Seit fünf Generationen. Die Arbeiter haben uns geliebt, bevor die Roten kamen. Wir haben ihnen als erste Häuser gebaut, menschenwürdige Wohnungen. Meinem Großvater küßten sie noch die Hand. Ein Herr! Ein Patriarch! Und ich – ich werde in der Luft zerfetzt. Jeder dahergelaufene Zeitungsschmierer zerreißt sich sein Maul. Der Betriebsratsboß legt seine drekkigen Füße auf meinen Schreibtisch. – Sie haben ja alles, die Proleten! Alles! Genau wie wir. Es gibt keinen Unterschied mehr. Nur den einen – ich mußt die Verantwortung tragen. Ich hab' alles auf meinen Schultern. Die, die setzen sich ins Gasthaus und versaufen ihr Arbeitslosengeld. Hinten und vorn stopft ihnen der Staat alles hinein.

JEDERMANN: Geh, sei so gut, und hör auf, mich anzujammern! Du bist selber schuld!

ARMER NACHBAR: Was?

JEDERMANN: Du bist zu weich. Das warst du schon immer. Schon als Kind. Großes Maul und nichts dahinter. Am Marterpfahl hingst immer du. Kannst du dich erinnern?

ARMER NACHBAR: Thomas! 30 Millionen! Dann komm' ich wieder auf die Beine. Nur 30 Millionen.

Jedermann antwortet nicht.

ARMER NACHBAR: Die Aktionäre steinigen mich! Ich trau' mich schon nicht mehr in die Firma! – Thomas! Bei unserer Freundschaft!

Der Teufel tippt in den PC, Armer Nachbar hört das Tastengeräusch, schaut zum Monitor, geht näher hin, schaut fassungslos auf den Monitor, schaut Jedermann an, dieser tritt hinzu, blickt ebenfalls auf den Monitor, ist nicht überrascht.

ARMER NACHBAR: *(tonlos)* Das gibt's doch nicht! Das gibt's doch nicht! *(Schaut Jedermann an.)*

TEUFEL: Was ist denn? Du hast doch --

JEDERMANN: *(gleichzeitig)* Was ist denn? Du hast doch allen Grund zur Freude. Deine Firma ist gerettet. *(Deutet auf den Monitor:)* Nicht 30, 300 Millionen hab' ich investiert!

ARMER NACHBAR: *(fassungslos)* Wie hast du das gemacht? Wieso hab' ich nichts gemerkt?

TEUFEL: Über Nacht.

JEDERMANN: Oh, das ging praktisch über Nacht. Ein paar Banken haben für mich gekauft.

TEUFEL: *(grinsend)* Ganz still und leise!

Armer Nachbar setzt sich erledigt hin.

ARMER NACHBAR: Du hast meine Firma geschluckt. Du Schwein, du!

JEDERMANN: Ich hab' Arbeitsplätze gerettet, lieber Freund. Das wird man mir zugute halten.

Armer Nachbar steht auf, geht zum Monitor, schaut hin.

ARMER NACHBAR: *(auftrumpfend)* Ich halte immer noch 30 Prozent!

TEUFEL: Bruder. Vizepräsident.

JEDERMANN: Ja, zusammen mit deinem Bruder. Er ist der neue Vizepräsident. Er steht auf meiner Seite.

Armer Nachbar bricht fast nieder.

ARMER NACHBAR: Aber das schwör' ich dir! Meine 15

Prozent wirst du noch spüren! Ich lass' mich nicht so einfach abschießen!

TEUFEL: Manila. Mädchen.

JEDERMANN: In Manila ist ein Mädchen gestorben. Ein kleines Mädchen. Ein Kind noch.

Armer Nachbar starrt Jedermann an, stürzt plötzlich ohnmächtig zu Boden, Jedermann erschrickt, kniet zu ihm hin, stützt ihn auf, der Teufel tippt etwas in seinen PC, der Drucker drückt dann dreifach einen Vertrag aus.

JEDERMANN: Anton!

TEUFEL: Keine Sorge, der ist gleich wieder da.

JEDERMANN: *(plötzlich mit Schrecken)* Was tun wir? *(Schaut den Teufel an.)* Was tun wir eigentlich?

TEUFEL: Dasselbe wie immer, Herr Generaldirektor. Nur etwas forcierter. Und ehrlicher.

Jedermann lacht gequält auf.

TEUFEL: Etwas mehr Haltung, wenn ich bitten darf! Stehen Sie zu sich! Sie sind, wie Sie sind!

Jedermann nickt langsam, schaut den Armen Nachbarn an, der kommt zu sich, Jedermann hilft ihm hoch, Armer Nachbar schaut verwirrt um sich, erinnert sich, das Entsetzen packt ihn.

ARMER NACHBAR: Es war ein Unfall, Thomas! Ein Unfall! Ich wollte es nicht! *(Zur Entschuldigung:)* Eine Prostituierte!

Der Drucker hat die Verträge ausgedruckt, der Teufel steht auf, reißt sie ab, legt sie auf den Tisch, zückt eine Füllfeder, hält sie Richtung Armer Nachbar, dieser schaut Jedermann an.

TEUFEL: Überschreiben.

JEDERMANN: *(wehrt sich innerlich)* Weißt du, Anton . . .

TEUFEL: *(nachdrücklicher)* Überschreiben!

JEDERMANN: *(plötzlich wieder ganz kalt)* Du überschreibst mir deine 15 Prozent. Zu einem symbolischen Betrag.

Armer Nachbar starrt ihn an.

JEDERMANN: *(drohend)* Hast du nicht verstanden?

Armer Nachbar schwankt zum Tisch, der Teufel drückt ihm die Füllfeder in die Hand, Armer Nachbar unterschreibt die drei Blätter, der Teufel drückt ihm das dritte in die Hand, nimmt ihm die Füllfeder weg, Armer Nachbar stützt sich mit einer Hand am Tisch auf, ist wieder kurz vor der Ohnmacht, rafft sich auf, geht mit schleppenden Schritten zur Tür.

JEDERMANN: Deine Tasche!

Armer Nachbar reagiert nicht, Jedermann nimmt die Tasche des Armen Nachbarn vom Boden auf, trägt sie ihm nach, drückt sie ihm in die Hand.

TEUFEL: Entlassen.

JEDERMANN: *(gequält)* Nein!

TEUFEL: *(energischer)* Entlassen!

JEDERMANN: *(zum Armen Nachbarn)* Du bist entlassen!

Armer Nachbar steht wie betäubt da, die Tür öffnet sich, der Tod kommt als alter Bürodiener herein, Unterschriftenmappen unterm Arm. Armer Nachbar schaut auf, schaut den Tod an, geht auf die Türöffnung zu, damit gleichzeitig auf den Tod, es sieht aus, als wolle sich Armer Nachbar um Hilfe an ihn wenden, der Tod tritt aber beiseite.

TOD: *(deutet hinaus; zum Armen Nachbarn)* Bitte ...!

Armer Nachbar schaut den Tod an, geht hinaus, der Tod schließt hinter ihm die Tür.

TOD: *(zu Jedermann)* Ein paar Unterschriften, Herr Generaldirektor!

JEDERMANN: Ja, ist gut ...

Jedermann geht zur Bar, schenkt sich Whisky nach, der Tod schaut zum Teufel.

TEUFEL: *(grinsend)* Hi!

Der Tod antwortet nicht, geht zum Schreibtisch, wartet dort auf Jedermann.

JEDERMANN: *(zum Teufel)* Sie auch?

TEUFEL: Nein, danke. Ich bin abstinent.

Der Tod schaut etwas verächtlich zum Teufel, Jedermann kommt mit seinem Glas zum Schreibtisch, zündet sich eine Zigarette an.

JEDERMANN: *(deutet auf den Teufel)* Das ist mein neuer Berater, Heinrich! *(Setzt sich.)*

TOD: *(weiß es schon)* Ja.

TEUFEL: Na, alter Knabe? Wie gehen die Geschäfte?

Der Tod antwortet nicht, legt Jedermann der Reihe nach Mappen mit Papieren zur Unterschrift vor, Jedermann überfliegt die Papiere kurz, unterschreibt.

TEUFEL: Der unterhält sich wohl nicht mit jedem?

JEDERMANN: Heinrich ist ein Überbleibsel. Vom Vater her noch. *(Lächelt:)* Er hat ihn mir vererbt. – Was, Heinrich?

Der Tod nickt.

JEDERMANN: Den hat er mir noch kurz vor seinen Tod an's Herz gelegt. Er gehört zur Firma wie unser Emblem. – Wie geht's dir, bist du gesund?

TOD: Ich bin gesund, Herr Generaldirektor.

JEDERMANN: Das freut mich. Darf ich dir was zu trinken anbieten?

TOD: Aber, Herr Generaldirektor! Ich trinke doch nicht!

JEDERMANN: Ach ja, natürlich! Entschuldige! – Mein neuer Mitarbeiter ist offenbar auch so ein Asket. Ihr könnt euch die Hand geben.

Der Tod schaut zum Teufel, dieser grinst her.

TOD: Asket ist der wohl keiner. Mit Verlaub.

JEDERMANN: *(lächelnd)* Nein? Woher willst du das wissen?

Der Tod antwortet nicht.

TEUFEL: Er hat schon recht, der Alte! Ich bin ein Genießer. Absolut! Meine Arbeit ist mein Genuß. Einen größeren kann's nicht geben. Zu tun, was man will. Alles. Alles. Ohne Rücksicht.

Der Tod klappt wieder eine Mappe mit unterschriebenem Papier zusammen, nimmt sie unter den Arm.

TOD: *(plötzlich zum Teufel)* Intrigant! Hetzer! Du Gift!

JEDERMANN: *(erstaunt)* Heinrich! Was ist denn?

Der Teufel grinst.

TOD: Entschuldigung, Herr Generaldirektor! Entschuldigen Sie!

Jedermann schüttelt den Kopf, unterschreibt das letzte Papier, der Tod nimmt die Mappe zu den anderen unter den Arm, geht langsam zur Tür, Jedermann schaut ihm nach.

JEDERMANN: Er wird alt. Und merkwürdig. Lange werd' ich ihn wohl nicht mehr behalten können.

TEUFEL: *(grinsend)* Ich fürchte, der wird Ihnen bleiben bis zum Schluß.

JEDERMANN: *(lächelt)* Ja, wahrscheinlich.

Der Tod greift nach der Türklinke, die Tür wird aufgestoßen, der Schuldknecht (Anzug, Krawatte, Aktenkoffer) kommt gewichtig und schwitzend herein, stößt mit dem Tod zusammen, sodaß dieser beinahe stürzt, geht vor zu Jedermann, läßt sich in den Sessel vor dem Schreibtisch fallen, nimmt den Koffer auf die Knie. Der Tod schaut ihm kurz nach, geht hinaus, schließt die Tür.

SCHULDKNECHT: Ich hab' einen Blasenstein, so ein Riesending! Und Zucker. Das ist der einzige Grund, warum ich nicht im Gefängnis bin. Haftuntauglich geschrieben.

Jedermann antwortet nicht.

SCHULDKNECHT: Ich hätte doch bezahlt! Man muß doch nicht gleich pfänden!

JEDERMANN: Na, hören Sie, ich bin doch keine Kreditanstalt.

Der Teufel tippt in den PC, schaut auf den Monitor.

TEUFEL: 13 Millionen an Außenständen. Seit einem Jahr. Geplatzte Wechsel! *(Grinsend:)* Das ist Betrug!

SCHULDKNECHT: Aber ihr seid doch eine Riesenfirma. Ein Konzern! Was sind da 13 Millionen? Mein Haus ist weg. Mein Privathaus! Heute morgen kam der Räumungsbefehl. Wo soll ich denn wohnen?

Teufel tippt ein, schaut auf den Monitor.

TEUFEL: Gibt es da nicht ein Häuschen in den Bergen?

Der Schuldknecht stockt einen Moment, weil er nicht angenommen hat, daß man das weiß.

SCHULDKNECHT: Was soll ich in den Bergen? Ich muß hier sein. Meine Firma wieder auf die Beine bringen.

TEUFEL: *(schaut auf seinen Monitor)* Und ein Häuschen am Meer. Allerdings auf den Namen der Frau geschrieben.

SCHULDKNECHT: *(ignoriert den Teufel)* Ein Wahnsinns-Deal wartet auf mich. Mit einem arabischen Land. Absoluter Blue Chip. Das Geschäft meines Lebens!

TEUFEL: *(schaut auf den Monitor)* Das ist uns bekannt.

SCHULDKNECHT: Und da binden Sie mir die Hände? Damit verhindern Sie doch, daß ich Sie bezahl'!

JEDERMANN: Sie haben zuwenig Kapital, um den Deal durchzuziehen. Ist doch reine Illusion.

SCHULDKNECHT: *(schnappt nach Luft)* Ich brauch' mein Insulin!

Er steht auf, macht seine Hose auf und schiebt sie hinunter, setzt sich, macht hektisch den Koffer auf, in dem sich ein Wust von Akten und privaten Dingen befindet, kramt darin, holt eine Ampulle heraus, bricht die Spitze ab, sucht hastig eine Einwegspritze, findet sie, zieht das Insulin in die Spritze, drückt die Luft heraus, spritzt sich das Insulin in den Oberschenkel, zieht sich dann wieder an.

SCHULDKNECHT: *(währenddessen weiter)* Gestern bin ich mitten auf der Straße weggesackt! Fast hätt' mich ein Zwölftonner überfahren. Der Cholesterinspiegel viel zu hoch. Hier, hier an den Leisten, da bin ich ganz geschwollen. In der Früh und am Abend ein Klistier, weil ich nicht scheißen kann. Da! Mein Bauch hart wie Stein! Ich glaub', ich krepier!

TEUFEL: Die alte Sau. *(Beginnt zu tippen.)*

SCHULDKNECHT: Meine Frau, die alte Sau, sitzt mit ihren Pelzmänteln und all ihren Klunkern unten am Meer und läßt nichts aus. Von wem hat sie denn alles? Von mir! Ihrem Papagallo steckt sie's rein. Vorn und hinten! Wenn ich noch einen Wagen hätt', würd' ich runterfahren und sie abmurksen.

Der Vertrag, den der Teufel eingetippt hat, wird dreifach ausgedruckt.

TEUFEL: Einsteigen.

JEDERMANN: *(steht auf)* Ich steig' ein in Ihren Deal. Die 13 Millionen als Beteiligung. Die Pfändung zieh' ich zurück.

SCHULDKNECHT: Was? Wirklich?

Jedermann nickt, der Schuldknecht steht auf, der Koffer fällt zu Boden und der Inhalt heraus, Schuldknecht geht auf Jedermann zu, nimmt seine Hand, drückt sie mit beiden Händen.

SCHULDKNECHT: Das werd' ich Ihnen nie vergessen. Nie! Na, meine Alte kann was erleben! Jetzt lass' ich mich scheiden. Auf ihren Muskelprotz hetz' ich ein Prügelkommando!

Der Teufel reißt die Verträge ab, der Schuldknecht schaut wegen des Geräusches hin, der Teufel zückt seine Füllfeder, hält sie dem Schuldknecht entgegen, der geht zu ihm, der Teufel legt die Verträge auf den Tisch.

SCHULDKNECHT: *(zu Jedermann)* Der Vertrag?

JEDERMANN: Der Vertrag. Wir sind Kompagnons!

Der Schuldknecht nimmt den Vertrag, schaut darauf.

SCHULDKNECHT: Mein Anwalt sollte vielleicht ...

JEDERMANN: Ich hab' keine Zeit!

Der Teufel drückt dem Schuldknecht die Füllfeder in die Hand, dieser versucht, schnell den Vertrag zu lesen.

JEDERMANN: Na, was ist?

SCHULDKNECHT: In meinem Hals steckt ein Kloß, mir ist schlecht!

JEDERMANN: Entweder Sie unterschreiben jetzt auf der Stelle oder das Geschäft ist geplatzt.

Der Schuldknecht resigniert, unterschreibt die drei Verträge, der Teufel drückt ihm den dritten in die Hand, der Schuldknecht geht hastig zu seinem Koffer, räumt den Inhalt hinein, macht den Koffer zu, wankt zur Tür, schaut dabei auf den Vertrag.

SCHULDKNECHT: *(lesend)* Oh, Scheiße! Oh, Scheiße! Ich glaub', ich muß gleich kotzen.

JEDERMANN: Aber nicht hier im Haus, bitte!

Der Schuldknecht öffnet die Tür, draußen steht schon Jedermanns Mutter mit Hündchen im Arm, der Schuldknecht stößt mit ihr zusammen, verschwindet, Jedermanns Mutter schaut ihm empört nach, kommt herein, läßt die Tür offen, Buhlschaft taucht im Türrahmen auf, wirft Jedermanns Mutter einen verärgerten Blick nach, schließt die Tür.

MUTTER: Lange läßt du mich warten!

JEDERMANN: Bei Vater wärst du gar nicht hereingekommen. Niemand von der Familie. Ausgenommen ich, als Stammhalter. An meinem 14. Geburtstag betrat ich zum ersten Mal sein Heiligtum.

MUTTER: Was soll ich tun? Du läßt dich ja nie bei mir blicken.

JEDERMANN: *(zündet sich Zigarette an)* Aber du kennst das doch, Mutter! Bei Vater war's doch nicht anders. Die Firma frißt uns. Das war schon immer so. Kaum ein Privatleben. Glaubst du, mir macht das Spaß?

MUTTER: Ich bin allein! Ich hab' Depressionen! Ich kann nicht schlafen!

JEDERMANN: Wer schläft schon gut ...! Nimm was!

MUTTER: Nehm' ich doch. Ständig. Zuviel. Andere würden davon nicht mehr aufwachen. Es nützt nichts. Ich kann nicht schlafen, weil ich Angst habe. Angst!

JEDERMANN: Wovor denn?

MUTTER: Vor den Träumen! Ich hab' Träume. Furchtbare Träume.

JEDERMANN: Komm, trink was!

Jedermann macht ihr einen Drink.

MUTTER: Und wenn ich aufwache, gehen die Träume weiter. Einfach weiter. Verstehst du? Es hört nicht auf!

Jedermann gibt ihr den Drink, sie nippt am Glas, nimmt erst jetzt den Teufel wahr, blickt zu ihm, er hebt grinsend die Hand zum Gruß. Mutter schaut ihn an, erschrickt, schaut Jedermann an.

JEDERMANN: Mein neuer Berater! Der Mann hat eine Power, geradezu unglaublich. *(Zum Teufel:)* Über Ihr Gehalt reden wir noch. Und Sie erhalten selbstverständlich Provision.

TEUFEL: Na, ist ja wunderbar! Freu' ich mich schon drauf.

MUTTER: *(angstvoll)* Würdest du ihn bitte wegschicken?

JEDERMANN: Was?

MUTTER: Ich möchte allein mit dir reden.

JEDERMANN: Mutter! Wir müssen arbeiten!

MUTTER: Schick ihn raus! Bitte!

TEUFEL: Nein.

JEDERMANN: *(zu Mutter)* Fünf Minuten!

Jedermann gibt dem Teufel einen Wink, dieser steht leicht verärgert auf, geht zum Lift, drückt die Taste, der Lift öffnet sich, der Teufel geht hinein, die Türen schließen sich, der Lift fährt nirgendwohin, das Licht bleibt auf G.

MUTTER: *(leise)* Ich träume vom Teufel. Hörst du? Ich träume vom Teufel.

JEDERMANN: Hast du mit deiner Therapie aufgehört?

MUTTER: Die Therapeuten sind für die Katz', mein Sohn.

JEDERMANN: Na, wenn du schon vom Teufel träumst, dann geh zu Onkel Georg!

MUTTER: Ich war bei Onkel Georg. Der Herr Kardinal hat mir geraten, einen Therapeuten aufzusuchen. – Oh, mein Sohn, ich träume Sachen ...! *(Geht näher zu ihm; leise:)* Du bist in Gefahr!

JEDERMANN: Was?

MUTTER: Du bist in Gefahr, mein Sohn!

JEDERMANN: *(es ist ihm lästig)* Welche Gefahr denn?

MUTTER: Ich will das nicht. Glaub mir! Ständig stürmt es auf mich ein. Mir platzt bald der Kopf. Ich will das nicht. Ich war doch immer normal. Vernünftig. Das weißt du doch. Ich war doch deinem Vater eine gute Frau. Nie hysterisch.

JEDERMANN: Welche Gefahr, Mutter?

MUTTER: *(hört ihm nicht zu)* Auf der Fahrt hierher stand ein junger Mann am Straßenrand, ein Autostopper. Draußen bei der Autobahnabfahrt. Ich hab' ihn mitgenommen. Mein Chauffeur war ganz empört. Der alte Karl, du kennst ihn ja. Hat mehr Klassenbewußtsein als ich.

JEDERMANN: Was redest du da? – Hör zu Mutter: Ich –

MUTTER: Er hat mich berührt.

JEDERMANN: Was?

MUTTER: Der junge Mann. Er hatte Schokolade bei sich. Und ein Stück Brot. Er hat mit mir geteilt.

JEDERMANN: *(ungeduldig)* Mutter, ich bitte dich!

Sie beginnt zu weinen, Jedermann seufzt hilflos auf, Mutter setzt sich auf einen der Ledersessel, stellt ihr Glas auf den Tisch, holt ein Taschentuch hervor, wischt sich die Tränen ab.

MUTTER: Wir mußten anhalten. Da war ein Zug von demonstrierenden Arbeitern. Sie haben mir finstere Blicke zugeworfen. Ein großer Wagen mit Chauffeur ... Da weiß man schon. Einer hob einen Stein und holte aus. Dann sah er aber den jungen Mann neben mir, und hat den Stein wieder hingelegt. *(Schaut Jedermann an.)* Du kannst diese Leute nicht entlassen! Vater hätte das nicht gewollt! Du hast eine Verantwortung!

JEDERMANN: *(setzt sich auf den Ledersessel gegenüber)* Natürlich hab' ich eine Verantwortung. Der Firma gegenüber.

Mutter antwortet nicht.

JEDERMANN: Ich bitte dich, Mutter, davon verstehst du wirklich nichts!

MUTTER: Dann ist ein schwarzer Porsche vorbeigerast. Mitten durch die Arbeiter. Sie spritzten nur so auseinander. – Er saß drin *(deutet zum PC des Teufels)*! Und hat gelacht. *(Eindringlich:)* Das ist nicht der richtige Berater für dich, mein Sohn!

JEDERMANN: *(steht auf)* Mutter, es ist wirklich ein schwerer Tag heute. Alles kommt zusammen. Alles. Die Firma in Gefahr, und Brigitte –

MUTTER: Es ist ihr was passiert, nicht?

JEDERMANN: Ja. Selbstmordversuch. Onkel Sebastian kam noch rechtzeitig hin. Woher weißt du's?

MUTTER: Die da draußen, die hört alle deine Gespräche mit. An ihrem Gesicht konnte ich es ablesen ... – Schick sie weg, Thomas! Die ist nichts für dich. Eine kleine Tipse, die hinauf will. Eine hübsche Larve und dahinter gähnende Leere. Kulturlos.

JEDERMANN: *(böse werdend)* Mutter!

MUTTER: *(steht auf)* Sie liebt dich nicht! Sie benutzt dich nur!

JEDERMANN: Misch dich da gefälligst nicht ein, ja?! Ich bin kein Kind mehr.

MUTTER: Dein Geburtstag. Entschuldige! Ich bin natürlich auch deshalb gekommen. *(Umarmt ihn, küßt ihn.)* Alles Gute, mein Sohn!

Sie holt aus ihrer Handtasche eine kleine Schmuckschatulle, entnimmt ihr ein goldenes Kettchen mit Kreuz, hängt es Jedermann um den Hals, er läßt es widerwillig geschehen.

MUTTER: Es soll dich beschützen!

JEDERMANN: Danke, Mutter! – Und jetzt entschuldige mich –

MUTTER: Sofort! Ich bin gleich weg! – Dieser junge Mann, Thomas, er ist vor dem Haus unten ausgestiegen. Und hat gesagt: »Er hat nicht mehr viel Zeit. Sie sind seine Mutter. Vielleicht können Sie ihm helfen. Es braucht ja nicht viel. Nur etwas Einsehen. Etwas Verständnis. Das genügt schon.« Wir sind die Tiefgarage hinuntergefahren und er hat mir nachgewinkt. Ich war sehr glücklich. Der Alptraum, mein endloser Alptraum hatte aufgehört. Und jetzt komm' ich herein, und er sitzt da *(deutet auf des Teufels PC)*. Und der Alptraum beginnt wieder! Thomas! Ich bitte dich –

STIMME BUHLSCHAFT: *(aus Lautsprecher)* Sag ihr, sie soll zu quatschen aufhören, du hast zu tun! Die Telefone laufen heiß!

Jedermann geht zum Schreibtisch, drückt auf die Taste.

JEDERMANN: *(wütend)* Was erlaubst du dir? Wenn du nicht sofort den Mund hältst, dann schmeiß ich dich raus!

STIMME BUHLSCHAFT: Na, tu's doch! Glaubst du, ich brauch' dich? Glaubst du, die kulturlose Tipse braucht dich? Ich brauch' dich weder im Bett noch als Chef. Da warten schon zehn andere.

JEDERMANN: Du bist entlassen! Fristlos!

STIMME BUHLSCHAFT: Okay, Herr Generaldirektor! Ich hau' sofort ab. Aber vorher hab' ich noch ein paar Nachrichten für dich. Erstens: dein lieber Freund, der Bundeskanzler, sagt, wenn du darauf beharrst, 15.000 Arbeiter zu entlassen, dann macht er dich fertig. Zweitens: unser Müllschiff, das schon seit drei Jahren auf den Weltmeeren herumgondelt, ist vor Kanada gesunken. Auf deinen Befehl vermutlich. Die Mannschaft ist bei guter Gesundheit, aber leider verhaftet, Kanada wird dich klagen. Drittens: die Afrikaner zahlen nicht! Bieten 300.000 Tonnen Soyabohnen im Verlauf von 10 Jahren. Mahlzeit! – Viertens: Südostasien meldet Verluste über 200 Milliarden. Der Chief Executive Officer hat sich die Kugel gegeben. – Fünftens: schau einmal auf die Börsenkurse! Du bist erledigt! Du kannst einpakken! Ciao, Amore!

Es knackt im Lautsprecher, Stille. Jedermann schaut auf den Monitor, wo die Kurse laufen, erschrickt, geht näher hin, schaut fassungslos.

MUTTER: Ich geh' jetzt. Nütze die Zeit, mein Sohn! *(Geht zur Tür.)*

JEDERMANN: *(brüllt)* Wo ist dieser verdammte Trouble-Shooter?

Jedermann greift sich ans Herz, er spürt es wieder, holt schnell eine Pille hervor, schluckt sie. Die Mutter will die Vorzimmertür öffnen, sie geht auf, der Teufel kommt herein, hinter ihm erscheint Werke (Gewerkschaftspräsident), will auch herein, der Teufel schiebt ihn zurück, tritt beiseite, läßt grinsend die Mutter hinaus, schließt die Tür.

TEUFEL: *(fröhlich)* Bin schon da!

JEDERMANN: Katastrophen! Nichts als Katastrophen! *(Deutet auf den Monitor:)* Da! Unsere Kurse stürzen ins Bodenlose!

TEUFEL: Das kriegen wir schon. Cut your losses short, let your profits run! *(Setzt sich an den PC, beginnt zu tippen.)*

JEDERMANN: *(hektisch)* Welche Profite? Welche Profite denn? *(Deprimiert:)* Ich bin verloren.

TEUFEL: *(grinsend)* Noch nicht!

JEDERMANN: Was soll ich tun?

TEUFEL: Zuerst einmal sollten Sie Ihre hervorragende Sekretärin behalten.

JEDERMANN: Sie kann so nicht mit meiner Mutter reden!

TEUFEL: Ach was, das war eine ganz normale Reaktion. Los! Reden Sie mit ihr!

Jedermann denkt nach, überwindet sich, geht zum Schreibtisch, drückt auf die Taste.

JEDERMANN: Rita! – Rita!

STIMME BUHLSCHAFT: Was willst du noch? Ich räum' gerade meine Schreibtisch. Laß mich in Ruh'!

TEUFEL: *(schaut auf den Monitor)* Ich brauch' dich.

JEDERMANN: Ich brauch' dich, Rita!

STIMME BUHLSCHAFT: Eine Mammi brauchst du, keine Frau!

JEDERMANN: Ich brauch' dich wirklich!

TEUFEL: *(tippt immer wieder)* Du bist schön.

JEDERMANN: Du bist schön. So wunderschön! Ich kann nicht auf dich verzichten!

STIMME BUHLSCHAFT: Es gibt genügend andere mit einer hübschen Larve!

TEUFEL: Ich liebe dich.

Jedermann zögert.

TEUFEL: Ich liebe dich.

JEDERMANN: Ich liebe dich, Rita!

Eine Weile Schweigen.

STIMME BUHLSCHAFT: Keine Worte mehr. Beweise!

JEDERMANN: Welche Beweise denn?

STIMME BUHLSCHAFT: Nicht mehr die Tipse! Nicht mehr die Hure! Die Frau an deiner Seite!

JEDERMANN: Aber, Rita! Meine Frau hat gerade –

TEUFEL: Einverstanden.

JEDERMANN: *(zornig)* Ja, gut, einverstanden! Du hast mich. Ich heirate dich!

STIMME BUHLSCHAFT: Ich will einen Vertrag!

JEDERMANN: Ja, verdammt, von mir aus! Hat das ein paar Minuten Zeit? Ich muß jetzt nämlich unsere Firma retten! Ist das möglich?

STIMME BUHLSCHAFT: Natürlich mußt du unsere Firma retten. Ich schick' dir sofort den Gewerkschafter rein. Der explodiert nämlich ohnehin gleich.

Jedermann setzt sich in seinen Chefsessel, die Vorzimmertür geht auf, Werke (Gewerkschaftspräsident) kommt herein, geht an einem Stock, hinkt mit einem Bein.

WERKE: Sie sind wohl wahnsinnig geworden, oder was? Draußen formieren sich die Massen und Sie lassen mich warten. Wofür halten Sie sich eigentlich? Ich bin kein Bittsteller, verdammt nochmal! Wenn Sie glauben, Sie können mit einem Gewerkschafter so umspringen, dann haben Sie sich geschnitten! Nicht einmal Ihr Vater hat das gewagt. Wenn ich will, mache ich Sie kaputt. Kaputt, verstehen Sie? Ein Fingerschnippen – und Sie sind erledigt. Ich hab' 100.000 Arbeiter hinter mir, vergessen Sie das nicht!

JEDERMANN: Tut mir leid, Herr Präsident. Ich bin etwas im Gedränge. Bitte *(deutet auf den Sessel vor dem Schreibtisch)*, nehmen Sie Platz!

WERKE: *(setzt sich nicht)* Das können Sie mit uns nicht machen, Herr Generaldirektor! Jetzt ist aber Feuer auf dem Dach, das sag' ich Ihnen! Meine Arbeiter blockieren schon die ganze Stadt. Überall Steckbriefe mit Ihrem Namen: »Tot oder lebendig!« Brennende Strohpuppen. Erhängte Strohpuppen. Mit Ihrem Konterfei. In wenigen Minuten ist die Meute da. 100.000! 100.000! Sie werden Ihr Büro stürmen, Herr Generaldirektor. Keiner kann sie aufhalten. *(Setzt sich auf den Sessel.)* Außer mir!

TEUFEL: *(steht auf)* Einen Drink?

WERKE: Was? – Ja, bitte! Was Hartes!

Der Teufel geht zur Bar, schenkt Whisky ein.

WERKE: Ich sollte gar nicht hier sitzen. Da draußen sollte ich sein. An ihrer Spitze. Für manche bin ich schon ein Verräter. Weil ich noch mit Ihnen rede. Das ist ein gefährliches Spiel für mich. Ein sehr gefährliches! Aber Sie wissen ja – ich bin kein Fanatiker, ich bin ein Gemütsmensch, im Grunde meines Herzens; ein Mann des Ausgleichs, des Friedens. Des Arbeitsfriedens. Mit mir kann man reden. Immer. Wenn man guten Willens ist.

Der Teufel kommt mit Drink und offener Zigarrenkiste

zu ihm, Werke nimmt und trinkt, greift in die Kiste, probiert an ein paar Zigarren, drückt sie, nimmt eine heraus, beißt die Spitze ab, spuckt sie aus, der Teufel gibt ihm Feuer, setzt sich wieder an seinen PC, tippt etwas hinein. Werke trinkt und pafft, schaut Jedermann auffordernd an.

JEDERMANN: *(resigniert)* Was soll ich Ihnen sagen?

TEUFEL: Das Zeitalter der Schmiede ist vorbei.

JEDERMANN: Das Zeitalter der Schmiede ist vorbei, Herr Präsident! Dieser Unternehmensbereich trägt nichts mehr. Wer braucht noch Stahl und Waffen? Im Zeitalter des Kunststoffs und der Abrüstung.

WERKE: Ach, hören Sie auf! Gibt doch Kriege genug! Lokale Kriege zwar meistens, aber es summiert sich doch, oder nicht?

JEDERMANN: Sie haben alle kein Geld! Sie wollen mit Soyabohnen bezahlen!

WERKE: *(grinsend)* Aber einige doch auch mit Öl, oder?

TEUFEL Der Staat.

JEDERMANN: Der Staat redet mir ständig drein! Hindert mich am Geschäft! *(Tippt in seinen PC, schaut auf den Monitor:)* Da! Das ist die Liste der Länder, in die ich keine Waffen verkaufen darf!

Werke lacht auf.

TEUFEL: Arbeitermassen.

JEDERMANN: Ich brauch' die Arbeitermassen nicht mehr! Ich muß rationalisieren. Auf Roboter umstellen. Ich brauche Facharbeiter. Spezialisten!

TEUFEL: Arbeitstiere.

JEDERMANN: Keine biersaufenden, rußgeschwärzten, grobschlächtigen Arbeitstiere! Das Hirn von der Hitze weggebrannt!

WERKE: *(stellt das Glas ab, steht auf)* Sie, beleidigen Sie meine Arbeiter nicht! Ich bin selber am Hochofen gestanden! Grobschlächtige Arbeitstiere! Also, jetzt ist wirklich Feuer am Dach! Ungeheuerlich!

Da sind höchst intelligente Burschen dabei! Man muß sie nur umschulen!

JEDERMANN: Ach was! Umschulen!

TEUFEL: Staat.

JEDERMANN: Von mir aus. Schult sie um. Aber das ist Aufgabe des Staates. Doch nicht meine.

WERKE: *(schaut auf seine Uhr)* Nicht mehr lange, dann sind sie da.

TEUFEL: Wir kennen uns –

JEDERMANN: *(gleichzeitig)* Wir kennen uns jetzt schon so lange, Herr Präsident!

TEUFEL: Sozialleistungen.

JEDERMANN: Ich hab' wirklich in allem nachgegeben. Immer bin ich Ihnen entgegengekommen. Unsere Sozialleistungen können sich doch sehen lassen! Werkswohnungen, Werksurlaub, Brennstoffzuteilungen, Zusatzpensionen, Zuschläge, Zulagen, Prämien. Ihr freßt mich auf! Ihr freßt mich ohnehin schon auf!

TEUFEL: 5.000.

WERKE: *(gleichzeitig)* 5.000!

JEDERMANN: Was?

WERKE: 5.000! 5.000 Entlassungen!

TEUFEL: 15.000.

JEDERMANN: *(gleichzeitig)* 15.000! Das ist das mindeste!

WERKE: Dann gibt es einen Aufstand! Dann rollen Köpfe!

TEUFEL: Und mein Kopf –

WERKE: *(gleichzeitig)* Und mein Kopf wird auch rollen! Und dann kommen andere. Ganz andere! Die sind hart. Viel härter als ich! Das ist dann wieder Kampf. Klassenkampf!

JEDERMANN: 15.000! Es müßten 25.000 sein, wenn ich nur das Wohl der Firma im Auge hätte!

Werke geht zum Schreibtisch, macht im Aschenbecher die Zigarre aus.

WERKE: Ich lasse Sie jetzt allein. Wenn meine Arbeiter kommen, werde ich an ihrer Spitze stehen. Das ist meine Aufgabe.

Werke geht zur Tür, Jedermann schaut hektisch zum Teufel, dieser tippt, schaut auf den Monitor.

TEUFEL: Werkssportverein.

JEDERMANN: Ich habe 23 Millionen für den Werkssportverein ausgegeben!

WERKE: *(dreht sich um)* Das weiß ich auch zu schätzen. Glauben Sie mir, Herr Generaldirektor, ich würde mit meinen Leuten lieber ins Stadion ziehen, statt hierher. Viel lieber würde ich »Tor!« brüllen und nicht »Tod«! *(Greift nach der Türklinke.)*

TEUFEL: Stürmer.

JEDERMANN: Ich kauf' Ihnen den besten Stürmer der Welt!

Werke hält inne, dreht sich langsam um, verharrt mit offenem Mund.

WERKE: Was?

JEDERMANN: Den besten Stürmer der Welt. Den besten Verteidiger. Den besten Tormann.

TEUFEL: Präsident.

JEDERMANN: Und Sie der Präsident! Hochdotiert! Mit allen Freiheiten. Mit allen Vollmachten. Sie kaufen ein, wen Sie wollen. Der Preis spielt keine Rolle. Wir werden Europacupsieger!

Werke steht ganz erledigt da, bricht fast nieder.

TEUFEL: Noch einen Drink?

Werke nickt, kommt langsam her, setzt sich wieder in den Sessel, der Teufel macht den Drink. Es nähert sich weit unten auf der Straße der Lärm von 100.000 demonstrierenden Arbeitern wie tosende Brandung. Lautsprecherparolen, deren Worte man nicht versteht. Der Teufel bringt Werke den Drink, dieser nimmt einen großen Schluck, der Teufel setzt sich wieder an seinen Personalcomputer.

WERKE: Im Grunde war ich immer ein Fußballer. Ich mußte an den Hochofen. Wie schon mein Vater. Und mein Großvater. Der Hochofen hat mich kaputtgemacht. Hat mich vernichtet. *(Knöpft seine Weste auf, öffnet das Hemd:)* Da, mein ganzer Bauch verbrannt! *(Steht auf, zieht das linke Hosenbein hoch:)* Und das linke Bein. Muskelschwund. Nur mehr Haut und Knochen. *(Setzt sich, knöpft Hemd und Weste wieder zu.)* Alle Hoffnungen vernichtet. Also bin ich Funktionär geworden. Gewerkschaft ...

TEUFEL: Ich hasse sie –

WERKE: *(gleichzeitig, steht auf)* Ich hasse sie im Grunde, die Gewerkschaft! Solidarität ...! Ich bin ein Einzelgänger. Wenn mehr als zehn Menschen um mich sind, komme ich ins Schwitzen. Sogar im Stadion hab' ich eine Loge für mich. – Der Neid! Basiert doch alles auf Neid. Ich könnte mir weiß Gott was leisten. Villa, Yacht, teure Autos, Weiber! Heimlich muß ich alles genießen. Wie schaut denn das aus? Ein Gewerkschaftler, der das Leben genießt. Das geht doch nicht. Ein Gewerkschaftler darf das Leben nicht genießen! Sonst ist er erledigt vor den Kollegen, vor der Belegschaft. 100.000 Kollegen schauen auf mich. Auf meinen Lebenswandel. Es ist unerträglich. Schon als Kind war ich ein Genießer. Schon als Kind habe ich die Armut gehaßt. Richtiggehend gehaßt! Deshalb wollte ich ja Fußballer werden! Um reich zu sein! Reich! Luxus! In den Illustrierten meiner Mutter hab' ich ihn geseh'n. *(Schaut Jedermann an.)* Das Bild Ihres Vaters. Beim Neujahrsempfang. Das Buffet im Hintergrund. Aufgetürmte Fressalien. In der Nacht heimlich in die Speisekammer! Die Wurst gefressen. Den gesamten Wurstvorrat aufgefressen, bis mir der Bauch fast platzte. Und natürlich Schläge dafür bekommen. Von meinem rußigen Vater. Grün und blau hat er mich geprügelt. Gekotzt vor Angst und Schmerzen. Die ganze gute Wurst wieder herausgekotzt auf den sauberen Küchenboden meiner Mutter! Ich schwor es mir! Reichtum und Macht! Um jeden Preis! – Jetzt bin ich 60. Alles versäumt.

JEDERMANN: Es ist noch nicht zu spät.

WERKE: Ja! Die paar Jahre will ich noch genießen, bevor ich abkratze!

Der Lärm der Arbeiter schwillt an, sie lauschen alle.

WERKE: Die entfesselte Masse! Furchtbar!

TEUFEL: *(grinsend)* Wer hat sie denn entfesselt?

WERKE: Ich. Ich hab' sie aufgehetzt. *(Angstvoll zu Jedermann:)* Sie werden uns umbringen!

TEUFEL: Die Regierung.

WERKE: Die Regierung! Das ist die einzige Chance! *(Geht zu Jedermann:)* Sie halten Ihr Wort?

JEDERMANN: 15.000?

WERKE: 15.000.

JEDERMANN: Kurzarbeit für weitere 10.000.

Werke schaut vor sich hin, überwindet sich.

WERKE: Gut. Einverstanden.

JEDERMANN: Streichung der Zusatzpensionen.

WERKE: Was?

JEDERMANN: Ich muß die Zusatzpensionen streichen.

WERKE: Nein! Nein! Das geht zu weit. Nein! *(Wendet sich ab.)* Dann platzt das Geschäft. Tut mir leid.

TEUFEL: Einmalige Abschlagszahlung.

JEDERMANN: Ein Kompromiß. Ich biete den Pensionisten eine einmalige Abschlagszahlung: 1,5 Milliarden.

Werke geht herum, kämpft mit sich, überlegt.

WERKE: *(schreit)* Ja! Gut! Scheiße! Sie verdammter Ausbeuter! – Aber nicht jetzt. Das kommt mir jetzt nicht auf's Tapet! In drei Monaten. Vorher nicht!

JEDERMANN: Gut! *(Streckt ihm die Hand entgegen.)* Also: sind wir uns einig?

Werke kommt her, gibt ihm die Hand.

JEDERMANN: Sie bekommen heute noch Ihren Vertrag. Als Präsident des Fußballvereins. Natürlich rückdatiert. Damit kein Zusammenhang besteht.

WERKE: Ich bitte darum.

Draußen im Vorzimmer Lärm, die Tür springt auf, Werke zieht hastig seine Hand zurück. Arbeiter im blauen Anzug und mit gelben Helmen stürmen herein, ein paar Männer des hauseigenen Sicherheitsdienstes versuchen vergeblich, sie aufzuhalten. Auch Buhlschaft kämpft wie eine Löwin, versucht die Arbeiter zurückzudrängen.

BUHLSCHAFT: Raus! Raus! Raus! Raus!

Sie wird von einem Arbeiter weggestoßen, fliegt durch den Raum.

WERKE: *(hebt eine Hand)* Ruhe! Ruhe!

Die Arbeiter halten inne, Buhlschaft steht auf, ordnet ihre Frisur.

WERKE: Ich hab' die Bilanzen geseh'n. Er muß freistellen, sonst kracht die Firma zusammen. Dann seid ihr alle arbeitslos!

Ein paar Arbeiter wollen trotzdem auf Jedermann zustürmen, Werke hält sie auf.

WERKE: Die Regierung ist schuld! Die Regierung! Los, kommt! Denen heizen wir ein! *(Er geht los zur Tür.)* Nieder mit der Regierung!

Die Arbeiter folgen Werke.

DIE ARBEITER: Nieder mit der Regierung!

Werke geht hinaus, die Arbeiter folgen ihm, ein Mann vom Sicherheitsdienst schaut entschuldigend zu Jedermann, schließt von außen die Tür, der Spuk ist vorbei, es ist still, nur von der Straße her hört man die Arbeiter tosen. (Ein wenig später hört man Werke unten auf der Straße durch Lautsprecher reden, die Leute umstimmen, aufhetzen, die Masse brüllt auf, der Zug der 100.000 entfernt sich langsam, das Tosen verebbt.)

BUHLSCHAFT: *(verblüfft zu Jedermann)* Wie hast du das geschafft?

JEDERMANN: *(verächtlich grinsend)* Na, wie schon ...!

Jedermann geht zur Bar, macht sich einen Drink, der Teufel tippt etwas in seinen PC, winkt Buhlschaft, sie geht zu ihm, der Teufel deutet auf den Monitor, sie schaut darauf.

BUHLSCHAFT: Was? Hochzeitstermin? Nächste Woche? *(Zu Jedermann:)* Ist das wahr? Aber – deine Frau ...?

JEDERMANN: Glaubst du, ein Personalcomputer lügt?

Buhlschaft fliegt Jedermann um den Hals. Eines der Telefone läutet, Jedermann greift mit langem Arm nach einer Taste, da Buhlschaft ihn nicht losläßt.

JEDERMANN: Ja?

STIMME DÜNNER VETTER: Thomas?

JEDERMANN: Ja?

STIMME DÜNNER VETTER: Eine traurige Mitteilung. Deine Frau ist eben gestorben.

Buhlschaft läßt Jedermann los, starrt zum Lautsprecher.

JEDERMANN: *(erstaunt)* Was? Ja, wieso denn?

STIMME DÜNNER VETTER: Naja ... Es ist mir sehr peinlich ... Sie ist aus dem Fenster gesprungen. Weiß gar nicht, woher sie die Kraft dazu nahm. Ich hab' sie ja total niedergespritzt.

Jedermann setzt sich.

STIMME DÜNNER VETTER: Sie hat dir eine Nachricht hinterlassen. Willst du sie hören?

TEUFEL: Nein.

JEDERMANN: *(leise)* Ja.

Der Teufel zieht seine Augenbraue hoch.

STIMME DÜNNER VETTER: *(liest)* Ich bin unerträglich anstrengend für dich. Für alle. Auch für mich. Ich kann nicht mehr. Ich will sterben. Es gibt keine Nachricht an die Zeitungen. Hab nur angegeben. Wie immer. Mein Aktienpaket geht natürlich an dich. Leb wohl. Ich liebe dich.

JEDERMANN: Wirklich tot?

STIMME DÜNNER VETTER: Ja, leider.

JEDERMANN: *(steht auf)* Verdammt nochmal, ihr habt doch Maschinen! Schließ sie an! Das gibt's doch nicht! Was bist du für ein Arzt?

STIMME DÜNNER VETTER: Wenn das Gehirn auf der Straße liegt, kann leider auch ich nichts mehr machen. Es tut mir wirklich –

Jedermann drückt zornig auf eine Taste, die Stimme des Dünnen Vetters bricht ab. Jedermann setzt sich deprimiert auf seinen Chefsessel.

BUHLSCHAFT: Das tut mir leid. *(Geht zur Tür, dreht sich um.)* Wir verschieben den Termin natürlich.

JEDERMANN: Welchen Termin?

BUHLSCHAFT: Den Hochzeitstermin.

JEDERMANN: *(schreit)* Ich will dich überhaupt nicht –

TEUFEL: *(laut, schneidend)* Doch!

JEDERMANN: *(verzweifelt)* Ich bin so fertig! Ich bin so fertig!

Buhlschaft kommt zurück, legt die Hand auf seine Schulter.

TEUFEL: Ich will dich.

Jedermann sagt nichts.

TEUFEL: *(lauter)* Ich will dich!

JEDERMANN: *(leise)* Ich will dich. Ich will dich ja.

BUHLSCHAFT: Ich weiß.

Sie geht hinaus. Der Teufel schaut zu Jedermann.

TEUFEL: Nicht schlappmachen jetzt! Wir müssen die Firma wieder hochbringen. Heute noch. Jetzt!

JEDERMANN: Ich kann nicht mehr.

Der Teufel schaut ihn an, beschließt, die Sache selber in die Hand zu nehmen.

TEUFEL: Geben Sie mir Vollmacht?

JEDERMANN: Tun Sie, was Sie wollen!

Der Teufel tippt in den PC, schaut auf den Monitor.

TEUFEL: 1.000 Panzer auf der Halde ... *(tippt wieder, schaut)* 50.000 Panzerabwehrraketen ...

Der Teufel steht auf, zieht sein Sakko aus, hängt es über den Stuhl, krempelt sich die Ärmel hoch, geht zu Jedermann, bedeutet diesem aufzustehen. Jedermann steht auf, geht zur Ledersitzgruppe, legt sich auf das Sofa. Der Teufel setzt sich in den Chefsessel, nimmt ein Telefon, wählt, wartet.

TEUFEL: Trouble-Shooter! Exzellenz erwarten meinen Anruf – Danke! – Hallo, lieber Freund! – Ja, ich bin's. Lange nicht geseh'n. – Gut! Gut! Blendend! Die Geschäfte laufen. Bei Ihnen auch? – Nicht? Was ist los? – So? Na, dann kann ich Ihnen helfen. Wenn das Volk unruhig wird, braucht es einen äußeren Feind. – Natürlich gibt's den. Euer Nachbar rüstet. Euren Nachbarn gelüstet's! *(Lachend:)* Nach einem Stücklein von eurem Territorium! – Na, wie Sie wissen, bin ich immer bestens informiert. – Ich weiß, eure Waffensysteme sind veraltet. Deshalb ruf' ich ja an. Ich kann Ihnen die modernsten Panzer der Welt beschaffen. Das Beste vom Besten! 1.000 Stück! – Ganz günstig! Diese Panzer sind praktisch unzerstörbar. – Kein Problem, ich verschaff' euch einen Kredit. – Ja, natürlich! – Selbstverständlich bekommen Sie eine Provision. 10 Prozent, okay? – Auf das übliche Konto, ja? – Keine Sorge, meine Telefon ist absolut abhörsicher. – Natürlich, alles ganz unauffällig. Wir wollen ja die Pferde nicht scheu machen, nicht wahr? – Als Schrott. Wir deklarieren alles als Schrott! – Fein! – Nichts zu danken, Exzellenz! Ich steh' Ihnen immer gern zur Seite, wie Sie wissen. Also: schönen Gruß an Ihre Familie, wir hören uns! – *(Legt auf, wählt wieder.)* Trouble-Shooter! Durchstellen! – Tag, Herr Präsident, ich bin's! – *(Lacht:)* Ja, Sie haben recht! Es ist wieder einmal der Teufel los! Hören Sie, euer Nachbar hat gerade 5.000 Panzer gekauft. Modernste Bauart. – Ja! Ja! Aber sicher! Sie bereiten was vor! – Na, da hat euer Nachrichtendienst eben wieder einmal geschlafen. – Ja. 5.000! Kaum zu knacken, die Dinger. – Ruhe, Ruhe, beruhigen Sie sich! Kein Grund zur Panik! Ich beschaff' euch Panzerabwehrraketen. – Ja, natürlich! Die einzigen, die in der Lage sind, die neuen Panzer zu knacken. Vollautomatisches Zielsystem. Einfach hochhalten und abdrücken. Kann jeder Bauer bedienen. – Natürlich! Sofort lieferbar! – 50.000 Stück! Sofort lieferbar! – Gut. – Gut. Ich werde alles veranlassen. Sie bekommen natürlich die übliche Provision. – Nichts zu danken! Bis dann! – *(Legt auf, wählt wieder.)* Exzellenz nochmal! – Hallo? Ich bin's wieder! – Ja, leider! Ich hab' erfahren, daß euer Nachbar sich schon mit den neuesten Panzerabwehrraketen eingedeckt hat. – Kein Grund zur Sorge, Exzellenz! Wir haben was dagegen. – Aber ja! Das modernste Panzerabwehrraketen-Abwehrsystem. – Okay, schick' ich gleich mit. – Und wie wir denen einheizen werden. Ein Feuersturm wird das. Wir schicken sie zur Hölle! *(Juchzt auf:)* Yippie! *(Legt auf.)* So, das wär's für's erste! *(Zu Jedermann:)* 163 Milliarden!

Jedermann hat sich während des Teufels Gespräch aufgesetzt und immer faszinierter zugehört.

JEDERMANN: 163 Milliarden?

TEUFEL: Für's erste!

JEDERMANN: *(steht auf)* Wahnsinn! Sie verstehen Ihr Geschäft!

TEUFEL: Das ist mein Job.

Jedermann schaut zum Monitor hoch, wo die Kurse laufen.

JEDERMANN: Die Kurse fallen aber immer noch.

TEUFEL: Und? Was macht man da?

Jedermann schaut unschlüssig.

TEUFEL: *(steht auf, ungeduldig)* Muß ich Ihnen alles sagen? – Buy low, sell high! Oder?

JEDERMANN: Wie soll ich kaufen? Es fehlt mir das Geld!

TEUFEL: *(zornig)* Hören Sie mir nicht zu, oder was? Ich hab' Ihnen eben 160 Milliarden gebracht! Das sind fixe Abschlüsse.

JEDERMANN: Es geht mir nicht gut. Es geht mir wirklich nicht gut!

TEUFEL: Vergessen Sie endlich Ihre privaten Troubles! Was jetzt zählt, ist das Geschäft! Nur das!

Jedermann überlegt, geht zum Schreibtisch, der Teufel macht ihm Platz. Jedermann setzt sich in seinen Sessel, drückt mittels Tasten eine Telefonnummer, wartet.

STIMME VON MAMMONS SEKRETÄRIN: *(über Lautsprecher)* Die Bank, Zentrale, Chefsekretariat ...?

JEDERMANN: Jedermann!

STIMME VON MAMMONS SEKRETÄRIN: Ah, guten Tag, Herr Generaldirektor! Gut, daß Sie anrufen. Wir haben's schon ein paar Mal bei Ihnen probiert. Moment, bitte!

Ein kurzes Musiksignal ertönt.

STIMME MAMMON: *(aufgeregt)* Thomas?

JEDERMANN: Ja!

STIMME MAMMON: Endlich! Hör zu! Draußen warten meine Aktionäre. Sie wollen, daß du sofort deine Kredite zurückzahlst.

JEDERMANN: So? Das ist nett!

STIMME MAMMON: Kratz wenigstens soviel zusammen, wie du kannst. Sie kreuzigen mich. Sie werfen mir schon vor, daß ich dir leichtfertig Geld gegeben habe. Und sie haben recht. Du ziehst mich mit. Du ziehst mich mit in den Abgrund! – Scheißfreundschaft! Mann sollte nie mit einem Freund Geschäfte machen!

JEDERMANN: Jetzt komm, was soll denn die Hysterie?

STIMME MAMMON: Deine Arbeiter blockieren die Stadt! Die Kurse notieren am Tiefpunkt! Du bist am Ende!

JEDERMANN: Aber ganz und gar nicht, lieber Freund. Ich habe eben mehrere Deals abgeschlossen. 163 Milliarden!

STIMME MAMMON: Was?

JEDERMANN: Und jetzt brauch' ich sofort 200 Milliarden von dir!

STIMME MAMMON: Was? Bist du verrückt geworden?

JEDERMANN: Nein, ganz und gar nicht. Ich will meine Aktien aufkaufen. So günstig bekomm' ich sie nie mehr wieder. Komm, lieber Freund, mach mir dieses Geburtstagsgeschenk! Wer wagt, gewinnt!

STIMME MAMMON: Deine Deals, erklär' mir –

STIMME BUHLSCHAFT: Entschuldigung, Herr Generaldirektor! Der Kanzler! Ganz dringend!

JEDERMANN: Durchstellen! Moment, Günther, der Kanzler ruft gerade an. Bleib in der Leitung!

STIMME MAMMON: Ja, ist gut.

JEDERMANN: *(drückt auf Taste)* Herr Bundeskanzler?

Der Lärm der 100.000 Arbeiter ist durchs Telefon zu hören sowie unverständliche Lautsprecherparolen von Werke.

STIMME GUTER GESELL: Hörst du das? Hörst du die Meute?

JEDERMANN: Ja, ich hör' sie.

STIMME GUTER GESELL: Sie haben das Kanzleramt umstellt! 100.000!

JEDERMANN: So ist das Leben! Zuerst haben sie mich umstellt.

STIMME GUTER GESELL: Ja, wie komm ich dann dazu? Du willst doch 15.000 entlassen! Nicht ich!

JEDERMANN: Tut mir leid, guter Freund, das ist jetzt dein Problem. Du vertrittst den Sozialstaat. Ich hab' nur meine Firma zu vertreten. Und die ist keine Versorgungsanstalt.

STIMME GUTER GESELL: Ich mach' dich fertig! Entweder du ziehst diese Entlassungen zurück, oder –

TEUFEL: Alle.

JEDERMANN: Ich werde alle entlassen, Herr Bundeskanzler!

STIMME GUTER GESELL: Was? Was sagst du da?

JEDERMANN: Ich werde alle entlassen. Wenn du mir nicht hilfst. Alle 100.000! Womit – wenn man die

Zulieferbetriebe hinzurechnet – eine halbe Million Menschen arbeitslos wird.

STIMME GUTER GESELL: Ich lasse dich verhaften!

STIMME MAMMON: Ich glaub', ich ruf' später wieder an.

JEDERMANN: Du bleibst gefälligst in der Leitung, verstanden?!

TEUFEL: Wahlen.

JEDERMANN: Bei der nächsten Wahl geht deine Partei baden, lieber Herr Bundeskanzler! Wegen Unfähigkeit! Die Arbeiter wissen schon, warum sie vor deiner Tür stehen. Du bist verantwortlich.

STIMME GUTER GESELL: Ich habe Millionen in deinen Konzern gebuttert!

JEDERMANN: Das hast du ja nicht für mich getan, sondern für die Arbeiter. Nicht wahr?

Keine Antwort. Der Teufel ist zufrieden, setzt sich an seinen PC, tippt ein.

JEDERMANN: Hilfst du mir jetzt, oder nicht?

STIMME GUTER GESELL: Wie soll ich dir denn helfen?

TEUFEL: Aufträge.

JEDERMANN: Na, zum Beispiel, indem du mir Aufträge vermittelst!

STIMME GUTER GESELL: Welche Aufträge denn?

TEUFEL: *(schaut auf seinen Monitor)* Krankenhaus.

JEDERMANN: In dieser Stadt soll eine neues Großkrankenhaus gebaut werden.

TEUFEL: 50 Milliarden.

JEDERMANN: Für 50 Milliarden fungieren wir als Generalunternehmer.

Schweigen.

JEDERMANN: Na, was ist? Ich hab' nicht viel Zeit.

STIMME GUTER GESELL: Gut! Ich schau', was sich tun läßt.

TEUFEL: *(schaut auf seinen Monitor)* Staatsbesuch.

JEDERMANN: Zweitens: Du machst nächste Woche einen Staatsbesuch.

STIMME GUTER GESELL: Ja – und?

TEUFEL: Drei AKW. 70 Milliarden.

JEDERMANN: Falls dich jemand fragen sollte, ob unser Land drei schlüsselfertige Kernkraftwerke liefern könnte, dann sag bitte ja und schlag meine Firma vor. 70 Milliarden.

STIMME GUTER GESELL: Sag, woher weißt du das alles, das ist doch –

JEDERMANN: Ein guter Unternehmer hat auf dem laufenden zu sein. Machst du das oder nicht?

STIMME GUTER GESELL: Ja, verdammt! Ich versuch' es. Ist das jetzt alles?

JEDERMANN: Und sag' denen, wir hätten einen günstigen Posten Soyabohnen! *(Grinst zum Teufel, der grinst zurück.)*

STIMME GUTER GESELL: Sonst noch was?

TEUFEL: *(schaut auf seinen Monitor)* Feldhaubitzen. Feundschaftliche Verbindungen.

JEDERMANN: Eine Kleinigkeit noch. Dann können wir wieder in Ruhe und Freundschaft miteinander Tennis spielen.

STIMME GUTER GESELL: Was? Was? Red' schon! *(Splittern von Glas ist zu hören, die Stimme von Guter Gesell entfernt sich.)* Das ist ja unglaublich! Du holst mir sofort den Innenminister her! *(Kommt wieder näher mit der Stimme:)* Sag, was du willst! Aber schnell!

JEDERMANN: Wie ich höre, hast du fast freundschaftlich zu nennende Verbindungen zu einem Herrn, der seine Armee mit neuen Feldhaubitzen ausrüsten will.

Schweigen. Man hört durch den Lautsprecher die tosende Menge der Arbeiter und Werke, der sie anfeuert.

JEDERMANN: Bist du noch im Amt, Fritz?

STIMME GUTER GESELL: Jetzt reicht's mir aber! Hörst du? Es reicht mir!

JEDERMANN: Wieso denn? Man muß doch freundschaftliche Verbindungen ausnützen! Zum Wohle der heimischen Wirtschaft.

STIMME GUTER GESELL: Es gibt ein Embargo gegen dieses Land! Das weißt du doch! Die Weltpresse würde mich fertigmachen! Ich würde vor der UNO landen!

JEDERMANN: Aber, lieber Herr Bundeskanzler! Ich liefere dir ein Endverbraucherzertifikat von welchem Land du willst. Du kannst es dir aussuchen. Wäre doch nicht das erste Mal, nicht wahr?

STIMME GUTER GESELL: Das ist ja ungeheuerlich! Ungeheuerlich! Und sowas erzählst du mir auch noch am Telefon! Was willst du? Willst du mich fertigmachen?

JEDERMANN: Aber nein! Du wolltest mich fertigmachen!

TEUFEL: Party.

JEDERMANN: Ich würde vorschlagen, lieber Kanzler, wir besprechen das alles bei meiner Geburtstagsparty, heute abend. Du kommst doch?

STIMME GUTER GESELL: Ich geh' doch nicht zu deiner Scheiß-Party! Das wär' doch politischer Selbstmord! *(Tumult durch den Lautsprecher, die Arbeiter wollen offenbar ins Büro des Kanzlers.)*

JEDERMANN: Mir scheint, die Arbeitermassen wälzen sich schon auf dein Büro zu, lieber Kanzler!

STIMME GUTER GESELL: *(entfernt sich)* Verstärkung! Wo bleibt die Verstärkung? Wo ist dieser verdammte Polizeipräsident? *(Die Tür zum Büro des Kanzlers wird offenbar aufgebrochen, Arbeiter stürmen herein.)*

STIMME WERKE: *(entfernt durch Lautsprecher)* Das können Sie mit uns nicht machen, Herr Bundeskanzler! Jetzt ist aber Feuer auf dem Dach, das sag' ich Ihnen!

STIMME GUTER GESELL: *(entfernt)* Beruhigen Sie sich! Bitte, Herr Präsident! *(Stimme nahe:)* Thomas! Herr Generaldirektor!

JEDERMANN: Hier bin ich!

STIMME GUTER GESELL: Zieh die Entlassungen zurück! Bitte! Hilf mir!

JEDERMANN: Hilfst du mir, so helf' ich dir. Was ist mit den Feldhaubitzen?

STIMME GUTER GESELL: Ja, verdammt! Du machst das Geschäft!

JEDERMANN: Ich danke dir. Sag dem Präsidenten, daß es keine Entlassungen geben wird!

STIMME GUTER GESELL: *(entfernt sich)* Es gibt keine Entlassungen! Es gibt keine Entlassungen! Keine einzige! *(Jubel der Arbeiter.)*

JEDERMANN: Vorläufig. Vorbehaltlich dessen, daß unsere Geschäfte klappen. Hörst du mich?

STIMME GUTER GESELL: Ja, ja! Ich hör dich. Ich komm' dann zu deiner Party. Servus!

Stille in der Leitung.

JEDERMANN: Günther, bist du noch da?

STIMME MAMMON: Ja, ich bin da! Respekt, Thomas! Das war eine Meisterleistung.

JEDERMANN: Also, du hast es gehört. Weitere 150 Milliarden stehen ins Haus.

STIMME MAMMON: Gott, bin ich erleichtert! Meine Aktionäre werden Augen machen. Ich bin richtig stolz auf dich, Thomas.

JEDERMANN: Danke, Günther! Bekomm' ich nun das Geld?

STIMME MAMMON: Selbstverständlich! Hast du genug mit 200 Milliarden? Ich geb' dir gern mehr.

JEDERMANN: Es reicht für's erste. Wir sehen uns am Abend, oder?

STIMME MAMMON: Jetzt sehen wir uns! Vor ein paar Minuten noch hätten mich keine zehn Pferde zu dir gebracht. Du weißt ja – das Geld kann sich nur sehen lassen, wo Geld vorhanden ist.

JEDERMANN: Ich weiß, mein Freund. Bis später!

Drückt auf Taste, will sich aufatmend zurücklehnen.

TEUFEL: So – und jetzt kaufen! Schnell!

Jedermann nimmt Hörer, wählt.

JEDERMANN: Zentrale! Der Chef. – Ja, ich hab's gesehen! Und was macht man, wenn die Kurse fallen? – Na? – Wo haben Sie gelernt, Kollege? – Buy low, sell high! So geht die Devise! – Also: alles kaufen, was die Aktionäre abgestoßen haben! Alles! – Geld? Die Bank steht mit 200 Milliarden hinter uns. Ein Umsatz von über 300 Milliarden steht uns ins Haus. – Ja! Ja! – Außerdem gibt's keine Entlassungen! Das Unternehmen steht wieder gesund da! – Weitersagen! Überall durchsickern lassen! Aber zuerst kaufen! Alles kaufen! Haben ohnehin zuviele Aktionäre dreingeredet! Klar? – Gut!

Jedermann legt auf, lehnt sich aufatmend zurück, schaut triumphierend zum Teufel, zündet sich eine Zigarette an. Buhlschaft kommt strahlend herein.

BUHLSCHAFT: Du bist toll! Du bist unschlagbar! *(Geht zu ihm, umarmt ihn.)* Wahnsinn! Das soll dir einer nachmachen! – Darauf müssen wir trinken!

Buhlschaft will zur Bar gehen, der Teufel winkt ab, steht auf, geht zur Bar.

BUHLSCHAFT: Champagner!

Der Teufel nickt, holt aus dem Kühlschrank eine Flasche Champagner.

JEDERMANN: *(zum Teufel)* Aber diesmal trinken Sie mit!

Der Teufel nickt lächelnd, holt drei Gläser hervor, macht die Flasche auf. Gerade als der Korken knallt, öffnet sich die Tür, der Tod kommt herein, bleibt an der Tür stehen. Der Teufel schaut grinsend zu ihm, schenkt in die Gläser ein.

JEDERMANN: Heinrich, was ist?

Der Tod antwortet nicht.

JEDERMANN: *(freundlich)* Sag's schon!

TOD: Ich mache mir Sorgen, Herr Generaldirektor.

JEDERMANN: *(steht auf)* Sorgen macht er sich! *(Zu Buhlschaft:)* Ist das nicht entzückend? *(Zum Tod:)* Heinrich! Dur brauchst dir keine Sorgen zu machen! Jetzt nicht mehr. Es geht wieder aufwärts mit uns!

Der Tod antwortet nicht.

JEDERMANN: *(geht auf ihn zu)* Dich hätte ich ohnehin nicht entlassen. Nie!

TOD: Ich weiß.

JEDERMANN: Komm, trink ein Gläschen mit uns!

Der Tod überlegt.

TEUFEL: Na, los doch, alter Knabe! Wir haben Grund zum Feiern!

Der Teufel nimmt ein viertes Glas, schenkt ein, der Tod überlegt.

JEDERMANN: Ich hab' Geburtstag, Heinrich! Willst du mich beleidigen?

TOD: Nein, natürlich nicht, Herr Generaldirektor.

JEDERMANN: Na, also!

Jedermann will den Tod am Arm fassen, dieser weicht fast unmerklich aus, Jedermann ist leicht irritiert. Der Teufel kommt mit den vier gefüllten Gläsern, teilt sie aus, Buhlschaft küßt Jedermann auf die Wange, stößt mit ihm an.

BUHLSCHAFT: Auf dich! Du sollst leben!

Jedermann lächelt, stößt mit dem Teufel an.

JEDERMANN: Danke. Sie haben viel für mich getan.

TEUFEL: Gern! Prost, Herr Generaldirektor! Auf das Unternehmen!

JEDERMANN: Ja! *(Wendet sich an den Tod:)* Und auf dich, alter Freund!

Jedermann stößt mit dem Tod an. In dem Moment, in dem sich ihre Gläser berühren, spürt Jedermann, daß sich sein Herz zusammenkrampft, er stöhnt auf, greift sich ans Herz, krümmt sich leicht zusammen. Buhlschaft greift erschrocken nach seinem Arm, der Teufel schaut den Tod verärgert an.

2. TEIL

Abend. Jalousien offen. Draußen die Lichter der Stadt. Ein Monitor ist eingeschaltet, es laufen die Börsenkurse (ohne Ton). Der große Konferenztisch ist als Buffet hergerichtet, dahinter Personal. Weiteres Personal mit Getränketabletts. Viele Geburtstagsgeschenke. Alle Gäste tragen Smoking, Abendanzug, Abendkleider (ausgenommen Tod und Teufel, die wie vorher gekleidet sind). Anwesend: Tod (Bürodiener), Teufel (Trouble-Shooter), Jedermanns Mutter mit Hündchen, Jedermanns Guter Gesell (Bundeskanzler) mit zwei Leibwächtern, Buhlschaft (Jedermanns Sekretärin), Dicker Vetter (Kardinal), Dünner Vetter (Primarius), Mammon (Bankier), Werke (Gewerkschaftspräsident), Vorstandsmitglieder mit Gattinnen, leitende Mitarbeiter, Freunde. Die Gäste stehen, halten Champagnergläser in den Händen, blicken zum Lift. Der Teufel sitzt als einziger, und zwar am Tisch der Sitzgruppe, er tippt in seinen PC, hat kein Glas. Auch der Tod hat kein Glas, er steht traurig abseits, schaut zum Teufel. Der Lift kommt eben vom Erdgeschoß herauf, es klingelt, die Türen öffnen sich, Jedermann steht im Smoking in der Kabine. Bei ihm seine tote Frau (etwas blaß, etwas kapriziös, aber schön und jung und gekleidet wie damals), der tote Schuldknecht (ziemlich ramponiert nach einem Autounfall, natürlich mit Aktenkoffer) sowie das Hungernde Kind (afrikanisch), das Amputierte Kind (orientalisch) und das Hustende Kind (europäisch). Jedermann ignoriert seine Begleiter, will sie nicht wahrhaben. Die Frau wird ihn ständig begleiten, aber immer mit einem Schritt Abstand. Der Schuldknecht ist wütend, wird Jedermann immer wieder anrempeln und beschimpfen. Die Kinder werden Jedermann – bis auf kurze Abstecher zu den Gästen – nicht von der Seite weichen und ihn tonlos, automatisch und beharrlich anbetteln.

SCHULDKNECHT: *(stößt Jedermann an)* Saukerl!

HUNGERNDES KIND: *(hält leere Eßschale zu Jedermann hoch)* Essen! Essen!

AMPUTIERTES KIND: *(hat keine Beine, klammert sich an einem Bein Jedermanns fest)* Laufen! Laufen!

HUSTENDES KIND: Luft! Luft!

FRAU: *(so sanft, daß es einem auf die Nerven gehen kann)* Ich liebe dich.

Jedermann bleibt im Lift stehen und starrt auf die Gesellschaft. Nach einer Weile wird es den Leuten peinlich, Guter Gesell beginnt das Geburtstagslied zu singen, alle anderen fallen ein. Jedermann gibt sich einen Ruck, setzt ein Lächeln auf, tritt aus dem Lift, das Amputierte Kind wird dabei von seinem Bein abgeschüttelt. Die Begleiter folgen alle Jedermann, die Lifttüren schließen sich. Buhlschaft hält zwei Gläser, geht auf Jedermann zu, drückt ihm ein Glas in die Hand. Alle halten die Gläser gegen Jedermann hoch, er grinst gezwungen. Der Teufel steht nun auch auf, singt mit. Der Tod singt nicht. Tod und Teufel sind die einzigen, die die Begleiter Jedermanns wahrnehmen können. Der Teufel registriert sie mit Mißfallen, der Tod sieht es als gutes Zeichen, daß Jedermann vielleicht zur Einsicht kommt.

ALLE: *(singen)* Happy birthday to you, happy birthday to you, happy birthday, dear Generaldirektor, happy birthday to you!

Bravo- und Prost-Rufe, alle – außer Tod und Teufel – halten die Gläser gegen Jedermann, trinken dann, Jedermann lächelt gezwungen, trinkt auch einen Schluck. Dem Teufel gefällt der Ausdruck in Jedermanns Gesicht nicht, er gesellt sich in seine Nähe, um ihn im Auge zu behalten. Guter Gesell, Werke, Mammon treten vor.

ALLE DREI: *(gleichzeitig)* Herr Generaldirektor –

Jedermann lacht auf, die drei schauen sich überrascht an.

WERKE, MAMMON: *(gleichzeitig)* Bitte, Herr Kanzler!

GUTER GESELL: Herr Generaldirektor, Herr Vorstandsvorsitzender, lieber Freund! Heute war ein heißer Tag. Ein schlimmer Tag. Für dich, für mich, für das ganze Land. Alle waren wir am Rande des Abgrunds. Aber nun glaube ich sagen zu können, daß wir gerettet sind, daß wir's geschafft haben, gemeinsam geschafft haben, die enormen Schwierigkeiten zu überwinden. Das Unternehmen ist gerettet, die Arbeitsplätze – 100.000 Arbeitsplätze – sind gesichert. Aus diesem schwarzen Tag ist ein Freudentag geworden!

Die Gäste applaudieren, Schuldknecht stößt auf zwei Fingern gellende Protestpfiffe aus, Jedermann schaut kurz zu ihm, grinst höhnisch. Während Guter Gesell weiterredet, mischen sich die Kinder etwas unter die Gäste, betteln sie an, betasten die Abendkleider. Die Gäste merken nichts davon.

GUTER GESELL: Dieser großartige Erfolg, diese grandiose Bewältigung einer geradezu gesamtstaatlichen Krise ist in erster Linie dir zu verdanken, lieber Freund; deinem unermüdlichen Einsatz, deiner Opferbereitschaft für das Gemeinwohl, deinem Verantwortungsgefühl all deinen unzähligen Mitarbeitern gegenüber; zu verdanken auch deinem unermüdlichen Optimismus, daß jede Krise bewältigt werden kann, wenn alle zusammenhelfen im Interesse aller.

Applaus. Schuldknecht macht Grimassen, als ob er sich erbrechen müßte.

GUTER GESELL: Sehr geehrter Herr Genraldirektor, lieber Freund *(er gibt einem der Leibwächter einen Wink, dieser reicht dem Guten Gesell eine samtüberzogene Schatulle, nimmt das Glas des Guten Gesellen)*, die Bundesregierung hat am späten Nachmittag noch einhellig beschlossen, dir anläßlich deines Geburtstages den höchsten Orden zu verleihen, den unser Land zu vergeben hat, nämlich den Goldenen-Adler-Orden der Republik.

Applaus.

SCHULDKNECHT: Schweinerei! Einen Orden auch noch! *(Zu Jedermann:)* Du Dreckskerl!

Guter Gesell öffnet die Schatulle, nimmt den Orden heraus, gibt die Schatulle dem Leibwächter zurück.

FRAU: *(währenddessen wieder einmal)* Ich liebe dich.

JEDERMANN: *(dreht sich zu ihr um, zischt leise)* Ja! Ich hab's gehört!

Ein paar der Gäste, die es mitgekriegt haben, schauen sich erstaunt an. Auch Mutter und Buhlschaft haben es gehört.

GUTER GESELL: *(tritt zu Jedermann)* Ich habe vor einer Stunde mit unserem verehrten Herrn Bundespräsidenten telefoniert, der sich zur Zeit auf Auslandsbesuch befindet. Er läßt sich entschuldigen und hat mich beauftragt, dir allerherzlichste Glückwünsche zum Geburtstag und seinen tiefstempfundenen Dank für deine Leistungen im Dienste unseres Staates zu übermitteln.

Applaus.

SCHULDKNECHT: *(patscht in die Hände, brüllt verächtlich)* Bravo! Bravo! Bravo!

GUTER GESELL: Mit großer, auch persönlicher Freude, lieber Thomas, sehr geehrter Herr Generaldirektor, vertraue ich dir unseren Goldenen-Adler-Orden an!

Applaus. Schuldknecht macht eine wegwerfende Geste, geht zum Buffet, beginnt gierig in sich hineinzufressen und Champagner zu trinken, beobachtet dabei die Szene. Guter Gesell entfaltet währenddessen das in Staatsfarben gehaltene Band, an dem der Orden hängt, hält es hoch, die Kinder drängen sich schon wieder an Jedermann.

JEDERMANN: *(macht Geste)* Weg! Weg!

Die Kinder weichen ein Stück zurück, Guter Gesell schaut irritiert, Jedermann beugt seinen Kopf, Guter Gesell legt ihm das Band um den Hals. Applaus währenddessen weiter.

GUTER GESELL: Mögen dich die Schwingen dieses Adlers noch höher hinauftragen, lieber Thomas, immer höher und höher, und möge nie so ein Absturz kommen, wie er heute so gefährlich nahe schien! Herzliche Gratulation!

Applaus.

SCHULDKNECHT: *(vom Buffet her)* Erhäng dich dran, du Bastard!

Guter Gesell gibt Jedermann die Hand, umarmt ihn, küßt ihn auf beide Wangen, tritt zurück. Alle warten nun auf eine Erwiderung Jedermanns, dieser setzt auch schon dazu an, die Kinder belästigen ihn aber wieder, er schaut auf sie.

JEDERMANN: *(zu den Kindern)* Was wollt ihr von mir? Ich hab' nichts zu tun mit euch! Haut ab! Los!

Die Kinder ziehen sich wieder etwas zurück, die Gäste schauen erstaunt, glauben zum Teil, sie sind gemeint. Der Teufel ist beunruhigt.

TEUFEL: Dankesrede.

Jedermann schaut immer noch zu den Kindern.

JEDERMANN: Ihr sollt abhauen!

Die Kinder bleiben stehen, starren ihn an. Die Gäste sind verwirrt. Buhlschaft ist beunruhigt, macht sich Sorgen, geht einen Schritt auf Jedermann zu, hält aber dann inne, weil sie ja »nur« die Sekretärin ist.

TEUFEL: *(lauter)* Dankesrede!

MUTTER: *(tritt vor)* Was ist, Thomas? Ist dir nicht gut?

Jedermann hört sie nicht.

FRAU: Ich liebe dich.

Jedermann dreht sich nach seiner Frau um, schaut sie verzweifelt an.

SCHULDKNECHT: Blöde Kuh!

DÜNNER VETTER: *(tritt vor)* Thomas! – Thomas!

JEDERMANN: *(schaut zu ihm)* Ah, Primarius! Auch da? Vom Leichenkeller ...

DÜNNER VETTER: Was ist los mit dir?

JEDERMANN: *(gequält)* Ich weiß es nicht.

GUTER GESELL: Du bist überarbeitet. Du mußt dich ausruhen in den nächsten Tagen. Unbedingt.

JEDERMANN: Ja ... Ausruhen ...

SCHULDKNECHT: Du kommst nicht mehr zur Ruhe, das

versprech' ich dir. Überall werd' ich bei dir sein. Sogar im Bett. Sogar auf dem Scheißhaus!

DÜNNER VETTER: Soll ich dir was geben?

JEDERMANN: Was willst du mir geben?

DÜNNER VETTER: Ein Medikament ... Etwas Aufbauendes ...

JEDERMANN: Etwas Aufbauendes ...

TEUFEL: Ja!

JEDERMANN: *(zum Dünnen Vetter)* Ja, vielleicht hast du recht. Etwas Aufbauendes ...

Jedermann schaut zu den Kindern, diese kommen schon wieder unmerklich näher, Jedermann winkt den Dünnen Vetter zu sich.

JEDERMANN: *(leise)* Hast du vielleicht etwas gegen – Halluzinationen?

Der Dünne Vetter schaut ihn an, zieht ihn beiseite. Der Teufel schleicht heran, belauert sie unruhig.

DÜNNER VETTER: *(leise)* Du hast Halluzinationen?

Jedermann nickt.

DÜNNER VETTER: *(leise)* Sag das ja nicht zu laut!

SCHULDKNECHT: *(nachäffend)* Halluzinationen!

DÜNNER VETTER: Sonst stürzt deine Firma wieder ab. Trotz Adlerschwingen. *(Greift in die Tasche, holt ein Medikament heraus, drückt zwei Pillen aus der Folie.)* Nimm das vorläufig! Das putscht dich hoch! Ich nehm's auch, wenn's mir schlecht geht.

Jedermann steckt die Pillen in den Mund, trinkt Champagner nach. Schuldknecht kommt mit seinem aufgehäuften Teller her.

SCHULDKNECHT: *(grinsend)* Da mußt du schon etwas mehr Pillen nehmen, damit du mich losbringst! Viel mehr Pillen! *(Zur Frau:)* Was, Gnädigste?

DÜNNER VETTER: Morgen kommst du in meine Klinik.

JEDERMANN: *(verloren)* Morgen ...

DÜNNER VETTER: Ja, gleich morgen in der Früh! Und jetzt reiß dich zusammen!

Dünner Vetter tritt beiseite, Jedermann schaut in die Runde, die ihn unverwandt beobachtet.

JEDERMANN: Ich bitte um Entschuldigung. Dieser Tag war hart. Sehr hart. Jetzt bin ich wieder voll da!

Alle warten wieder auf seine Dankesrede, da er aber nicht beginnt und ein peinliches Schweigen zu entstehen droht, geht Werke zu einem schweren Paket, das irgendwo am Boden steht, nimmt es hoch, tritt vor Jedermann hin. Die Kinder werden sich während der Rede von Werke wieder Jedermann nähern, werden ihn umringen, anbetteln, an ihm zupfen. Schuldknecht wird zu Werke gehen, wird ihn nachäffen, Worte wiederholen und sich in Gesten und Gebärden über ihn lustig machen.

WERKE: Herr Generaldirektor, ich will es kurz machen, die blumige Rede liegt dem Arbeiterführer nicht! Wir hatten viele Kämpfe miteinander, wir beide, harte Kämpfe, manchmal fast brutal; aber immer kämpften wir mit offenem Visier, ohne Hinterhalt, ohne Gemeinheit, ohne Tiefschläge. Offen und ehrlich habe ich stets meine Forderungen als Arbeitnehmervertreter auf den Tisch gelegt, und immer haben wir schließlich nach hartem Ringen einen Konsens gefunden. Jeder ist dem anderen entgegengekommen, jeder von uns beiden hat Zugeständnisse gemacht, hat Abstriche hingenommen, immer kam ein tragbarer Kompromiß zustande, denn dort steht nicht der Gründerzeitkapitalist und hier steht nicht der Gründerzeitmarxist, sondern hier stehen zwei fortschrittliche Menschen, zwei moderne Manager, bei denen nicht die Ideologie zählt, sondern der Mensch. Zwei Spitzenfunktionäre, die beide wissen: was dem Unternehmen nützt, nützt auch dem Mitarbeiter, und was dem Mitarbeiter nützt, nützt auch dem Unternehmen. Ich bin stolz, sehr stolz darüber, daß es mir als Gewerkschaftspräsidenten gelungen ist, gemeinsam mit dem Unternehmen und mit der Regierung gelungen ist, eine große Katastrophe abzuwenden und Abertausende Menschen vor der drohenden Arbeitslosigkeit zu retten. In diesem Sinne, Herr Generaldirektor: Alles Gute und Glück auf!

Applaus. Schuldknecht klatscht höhnisch mit. Werke nimmt das Paket in den linken Arm, kann es kaum halten, gibt Jedermann die Hand, drückt ihm dann das schwere Paket in die Arme.

WERKE: Eine kleine Aufmerksamkeit der Belegschaft!

Jedermann wuchtet das Paket auf den Schreibtisch, stellt sein Glas ab, macht die Schleife auf, entfernt das Papier, es kommt das Modell einer modernen Feldhaubitze zum Vorschein.

SCHULDKNECHT: *(klopft Werke auf die Schulter)* Was für ein Prachtstück! Toll!

WERKE: *(zu Jedermann)* Haben unsere Lehrlinge gemacht. In der Freizeit natürlich.

Applaus.

JEDERMANN: Sehr hübsch! *(Zum Amputierten Kind, das zu seinen Füßen sitzt:)* Nicht wahr?

MAMMON: *(tritt vor)* Sehr geehrter Herr Generaldirektor, lieber Thomas, ich möchte mich den Glückwünschen gleich anschließen und darf dir als Direktor deiner Hausbank versichern, daß wir deinem Unternehmen immer treu zur Seite stehen werden. Dein Kredit bei uns ist unbegrenzt!

Applaus. Mammon greift in seine Rocktasche, holt ein Kuvert hervor.

MAMMON: Als Beweis dafür und als Zeichen unseres Vertrauens möchte ich dir mit allen guten Wünschen diesen Scheck überreichen!

Mammon gibt Jedermann das Kuvert in die Hand, Applaus. Jedermann öffnet das Kuvert, nimmt den Scheck heraus, schaut darauf, hält ihn dem Hungernden Kind, das gerade die Schale zu ihm hochhält, vor die Augen.

JEDERMANN: Könntest du etliche Male dein Näpfchen füllen, was?

Schuldknecht schaut auch auf den Schein.

SCHULDKNECHT: Zweihundert Milliarden! Zweihundert Milliarden! Und mich machst du fertig wegen 13 Millionen! *(Boxt ihn.)* Du Schweinehund!

Jedermann läßt sich nichts anmerken, schaut auf den Scheck.

JEDERMANN: 200 Milliarden ... *(zu Mammon:)* Kannst du dich erinnern, wie wir begonnen haben, du und ich?

Schuldknecht geht zum Buffet, türmt wieder Fressalien auf seinen Teller, schlingt in sich hinein.

MAMMON: Natürlich, Thomas! Festverzinsliche Anleihen haben wir gemeinsam verhökert. Das waren noch Zeiten!

JEDERMANN: Ja, das waren noch Zeiten! Ich wollte meinem Vater zeigen, daß ich es selber zu was bringen kann. Ohne ihn. Wollte Geld in die Firma mitbringen, nicht ihm auf der Tasche liegen. Wie es mein Sohn macht. *(Sucht mit den Augen Buhlschaft.)* Wo ist er? Warum ist er nicht da an meinem Geburtstag?

BUHLSCHAFT: Aber Sie wissen doch ... Caracas!

JEDERMANN: Ach, ja! Caracas ...!

BUHLSCHAFT: Es ist alles geregelt. Morgen kommt er.

JEDERMANN: Morgen! Morgen! *(Laut:)* Es gibt kein Morgen!

Die Kinder haben ihn wieder umringt, recken die Hände zu ihm.

JEDERMANN: Laßt mich in Ruhe! Warum belästigt ihr mich? Immer nur mich? Geht zu denen da! *(Deutet auf die Gäste.)* Alle sind verantwortlich! Die genauso!

Die Gäste schauen sich betreten an.

MUTTER: *(tritt heran)* Thomas!

JEDERMANN: Oh, Mutter! Auch da?

MUTTER: Natürlich bin ich da. *(Tritt ganz an ihn heran, leise:)* Thomas! Wenn du etwas siehst, dann laß dich drauf ein. Es ist vielleicht ein Zeichen. Etwas zur Hilfe.

JEDERMANN: *(verzweifelt)* Hilfe ...! Wie? Wie?

MUTTER: *(sanft)* Thomas!

TEUFEL: Mach sie fertig.

JEDERMANN: *(schreit seine Mutter an)* Du! Du hast mich doch auch hingedrillt auf das alles. Die Firma! Die Firma! Die Firma! Sonst gilt nichts auf der Welt. Absolut nichts!

SCHULDKNECHT: Ist auch so! Ich bestehe darauf! *(Mit Blick zum Himmel:)* Auch jetzt noch! – Oh, jetzt hab' ich mir ein Ei gelegt!

MUTTER: *(hilflos)* Vater ...

JEDERMANN: Vater! Vater war ja nicht da. Vater war ja in der Firma. Und du warst sein Sprachrohr. Zuhause. Wie konnte ich anders werden als ich bin?!

TEUFEL: *(nebenbei)* Das muß ich mir von dir nicht sagen lassen. Ich wollte immer nur dein Bestes.

MUTTER: *(der Teufel hat keinen Einfluß auf sie)* Ja, du hast recht, Thomas. Es tut mir leid. Es tut mir so leid!

Der Teufel wendet sich verärgert ab. Mutter schaut sich um, sucht jemanden, sieht den Dicken Vetter.

MUTTER: Eminenz!

DICKER VETTER: *(tritt vor)* Ja?

JEDERMANN: *(sieht ihn)* Ach nein! Onkel Georg! Du willst mir auch gratulieren?

DICKER VETTER: Natürlich, Thomas! *(Kommt her, gibt ihm die Hand:)* Alles Gute zum Geburtstag!

TEUFEL: Provokation.

JEDERMANN: Danke, Eminenz! Muß ich dir den Ring küssen?

DICKER VETTER: Nein, mußt du nicht.

JEDERMANN: *(hält noch immer die Hand)* Ich tu' es aber gern.

Jedermann schaut den Ring an, kniet sich auf ein Knie

nieder, küßt den Ring, Dicker Vetter entzieht ihm peinlich berührt die Hand, Jedermann bleibt knien. Alle – auch Dicker Vetter und der Teufel – sind unsicher, ob Jedermann es ernst meint oder ob er sich über den Kardinal nur lustig machen will.

JEDERMANN: Segnest du mich?

DICKER VETTER: Wenn das wirklich dein Wunsch ist ...?

JEDERMANN: Doch, ich glaub' schon. Obwohl ich nicht glauben kann.

Der Teufel ist wieder irritiert, hat Angst, daß seine Felle davonschwimmen.

DICKER VETTER: *(aufgebracht)* Wie soll ich dich segnen, wenn du nicht glaubst?

JEDERMANN: *(verzweifelt)* Weil ich es brauche! Weil ich es brauche! Ich kann Segen brauchen, verstehst du das nicht?

DICKER VETTER: Doch! Natürlich versteh' ich das. Ich seh's, es geht dir nicht gut. Du bist in einer existentiellen Krise. Das freut mich. Vielleicht ist das ein Weg zur Einsicht. Ich helf' dir gern dabei. Mein Beichtstuhl steht dir immer offen. Wenn du noch weißt, was das ist – Beichte.

JEDERMANN: Mensch, Onkel, ich erzähl' dir doch nicht meinen ganzen Scheißkram! Komm, segne mich, mehr brauch' ich nicht!

DICKER VETTER: Du legst zuerst das Glaubensbekenntnis ab, dann bekommst du deinen Segen! Aber ernsthaft. Nicht pro forma. Nicht aus Konvention! Wie bei deiner rauschenden Hochzeit. Im Dom. Wo du meinen Segen mit arrogantem Grinsen empfangen hast. Schon bei deiner Firmung hast du mich überheblich angegrinst. Als 12jähriger Rotzlöffel! Ich war sehr versucht, dir wirklich eine Ohrfeige zu verabreichen. – Wer bin ich denn? Wofür hältst du mich? Ich bin ein Vertreter der Amtskirche. Ein Würdenträger! Ich verlange Respekt! Nicht vor mir. Vor dem Amt! Vor dem Amt, verstehst du?

Jedermann schaut vor sich hin, schaut zu den Kindern, die ihn wieder umringt haben, aber im Moment nicht anbetteln.

JEDERMANN: *(zu den Kindern)* Er gibt mir keine Chance. Das Amt ... Das Amt ist ihm wichtig. Wieso haltet ihr euch eigentlich nicht an ihn? Schaut ihn an! Er frönt ja auch nur dem Wohlleben. Und müßte sich ja eigentlich um euch kümmern. Von Amts wegen! Nicht wahr? Na ja, was soll's ...?

Jedermann steht langsam auf.

SCHULDKNECHT: *(stöhnt auf)* Gott, ist mir schlecht!

Schuldknecht wischt sich den Schweiß von der Stirn, sucht wieder hektisch seine Spritze im Aktenkoffer, zieht die Hose hinunter, gibt sich dann am Boden sitzend eine Injektion, bleibt schwer atmend sitzen, mit dem Rücken an ein Tischbein gelehnt.

GUTER GESELL: *(schaut währenddessen auf seine Uhr)* Entschuldige, Thomas, aber ich hab' noch einen Termin heute, ich muß leider –

JEDERMANN: Gar nichts mußt du! Du bleibst hier!

WERKE: Ich müßte eigentlich auch ...

MAMMON: Ja, für mich wird's auch Zeit ...

JEDERMANN: Das ist mein Geburtstag! Mein Geburtstagsfest! Und das verlaßt ihr erst, wenn ich es sage! Ist das klar?

Der Teufel findet den Gang der Dinge nun wieder in seinem Sinne.

GUTER GESELL: Na gut, ein paar Minuten noch ...

JEDERMANN: Ihr seid peinlich berührt, was? Weil ich mich entblöße. Noch nie hat sich der Generaldirektor entblößt. Selbst vor seinen Freunden nicht. Und Freunde sind wir ja alle, nicht wahr?

WERKE: Also bitte, da muß ich schon Widerspruch anmelden! Als Arbeitnehmervertreter kann ich nicht ein Freund des Unternehmers sein. Das ist unvereinbar.

JEDERMANN: Na, klar, Herr Präsident! Sie natürlich

ausgenommen. Sie und ich im gleichen Bett – das wäre wirklich unvereinbar. Das könnte Sie den Kopf kosten.

WERKE: Ja, sicher!

JEDERMANN: Onkel Georg! Was empfiehlst du mir? In meiner existentiellen Krise?

DICKER VETTER: Zu glauben!

JEDERMANN: Kann ich nicht. Tut mir leid.

DICKER VETTER: Ja, dann ...

JEDERMANN: Das ist deine ganze Weisheit?

DICKER VETTER: Geh zum Therapeuten!

JEDERMANN: Zum Therapeuten! Natürlich! Da hast du ja schon meine Mutter hingeschickt. Obwohl sie glaubt. Offenbar. Plötzlich. *(Zu Mutter:)* Von dir habe ich ja auch nichts mehr vernommen in dieser Richtung, seit meiner Kindheit, seit du mir das Gebet zum Schutzengel beigebracht hast, am Abend, vor dem Einschlafen ... *(zum Dicken Vetter:)* Ich kann nicht glauben, nur weil ich plötzlich Angst habe!

Dicker Vetter hebt hilflos die Hände.

FRAU: Ich liebe dich.

Jedermann dreht sich nach seiner Frau um, schaut sie lange an.

JEDERMANN: Ich weiß nicht, was das ist – Liebe. Ich hab' dich gemocht. Und begehrt. Du hast Geld in die Firma gebracht. – Warum begegnest du mir so jung? *(Leicht aggressiv:)* Damit es mich noch mehr schmerzt?

Sie antwortet nicht. Jedermann schaut die Gäste an.

JEDERMANN: Ist euch nicht aufgefallen, daß da jemand fehlt? – Na? Wer fehlt? Preisfrage!

Niemand antwortet, Jedermann schaut seine Frau an.

JEDERMANN: Siehst du, Brigitte, es fällt gar nicht auf, daß du weg bist. Keiner fragt nach dir. So wichtig bin ich. So bedeutend. *(Lacht auf.)*

DICKER VETTER: Was ist mit deiner Frau?

JEDERMANN: Sie hat sich umgebracht. Heute vormittag. – Vor zwei Stunden hab' ich sie besucht. Im Leichenkeller des Herrn Primarius *(schaut zum Dünnen Vetter)*. Sie liegt in einer Schublade. Tiefgekühlt. Eine kleine, nackte, tote Frau. Der Kopf kahlgeschoren. Die Operationsnarbe mit ein paar groben Stichen wieder zusammengenäht. Ich hab' sie nicht erkannt. *(Zur Frau:)* Ich hab' dich nicht erkannt. Da muß eine Verwechslung vorliegen, sagte ich zum Pathologen. Nein, keine Verwechslung! Das ist gefälligst Ihre Frau! *(Schüttelt den Kopf.)* So fremd. Ganz fremd. So ohne Haare. Ohne Schminke im Gesicht. Sie war immer so stolz auf ihre Haare. Plötzlich hab' ich ganz genau ihr Gesicht gesehen. So genau wie nie zuvor. *(Schaut seine Frau an:)* Ein schönes Gesicht. Ganz entspannt. Auch der Körper. Ganz zart und klein ... Wie ein Kind ... *(schaut die Kinder an:)* Wie ihr. Ich hab' sie genauso schlecht behandelt wie euch. Und war immer da. War meine Frau. – Ich *(bringt das Wort kaum heraus)* liebte sie. Wie sie so dalag. – *(Schaut zu seiner Frau:)* Ich hab' sie umgebracht.

TEUFEL: *(die anderen hören es nicht)* Nein!

JEDERMANN: Doch! Ich hab' sie umgebracht!

Die Frau tritt zu Jedermann, schaut ihn an.

TEUFEL: *(die anderen hören es nicht)* Sie war krank. Nicht lebensfähig. Was nicht lebensfähig ist, mußt sterben. Das Starke lebt.

DÜNNER VETTER: Sie war krank, Thomas! Du kannst nichts dafür.

JEDERMANN: Ich hab' sie umgebracht! Ersauf! Ersauf doch, hab' ich zu ihr gesagt.

Die Frau legt ihre Hand an die Wange von Jedermann, er neigt verzweifelt seinen Kopf hinein.

DÜNNER VETTER: Die Nerven! Du hast deine Nerven weggeschmissen. Ist doch verständlich. Komm, beruhige dich!

Die Frau zieht sich langsam zurück, verschwindet dann unauffällig.

JEDERMANN: Ich bin ruhig. So ruhig wie noch nie. Ich versuch' nur, Bilanz zu ziehen.

GUTER GESELL: Könntest du das bitte ohne uns machen? Ich muß jetzt wirklich –

JEDERMANN: *(ruhig)* Du bleibst. Sonst mach' ich alles wieder rückgängig. Sonst entlaß' ich sie, meine Arbeiter. Alle! Dann kannst du einpacken! Samt deiner Regierung! *(Zu Werke:)* Und Sie auch!

Jedermann sieht, daß seine Frau verschwunden ist, er schaut sich nach ihr um.

JEDERMANN: Brigitte! Brigitte!

Guter Gesell schaut zum Dünnen Vetter.

DÜNNER VETTER: Thomas! Du kommst jetzt mit mir! In meine Klinik! Und dort machst du eine Schlafkur! Zwei Wochen lang. Ich befehle es dir! Als dein Arzt.

JEDERMANN: Du befiehlst mir überhaupt nichts. Oder soll ich der Öffentlichkeit von den rauschgiftsüchtigen Kindern reicher Leute erzählen, die du gegen gutes Geld bei dir in den Keller sperrst, zur Entziehung? Inkognito. Unter größter Geheimhaltung. Mein Sohn natürlich auch. Klar! Und – die alkoholsüchtigen Politiker natürlich! Die hätt' ich beinah' vergessen.

DÜNNER VETTER: *(beleidigt)* Weißt du was, Thomas? Ich würde vorschlagen, du suchst dir einen anderen Hausarzt! *(Geht zur Tür.)*

MUTTER: Thomas! Du entschuldigst dich auf der Stelle! *(Geht dem Dünnen Vetter nach:)* Sebastian! Sebastian! Bitte, bleib! Er hat zuviel durchgemacht!

DÜNNER VETTER: Das weiß ich. Das ist aber kein Grund, mich zu beleidigen. Mich zu erpressen. Natürlich kehr' ich alles ständig unter den Teppich. Aber aus Freundschaft. Aus Freundschaft!

THOMAS: Thomas!

JEDERMANN: Ja! Es tut mir leid! Entschuldige! Ich will keine Bevormundung mehr, das ist alles. Ich weiß, was ich tu'. Ich hab' es noch nie so genau gewußt wie jetzt.

DÜNNER VETTER: Ach was! Du bist ja ganz außer dir!

JEDERMANN: Nein. Ich bin bei mir. Endlich.

DÜNNER VETTER: Ja, gut, wie du meinst ... *(Geht zur Tür.)*

JEDERMANN: Ich entschuldigte mich bei dir, was verlangst du mehr?

DÜNNER VETTER: Gar nichts. Ich möchte nur nach Hause. Ich hab' auch einen langen Tag hinter mir. *(Macht die Tür auf.)* Ruf mich an, wenn du was brauchst!

Dünner Vetter geht hinaus, schließt die Tür hinter sich. Schweigen.

JEDERMANN: Ich mach' alles falsch. Immer mach' ich alles falsch! Sogar jetzt! – Der heutige Tag war wirklich der schlimmste meines Lebens. Der fürchterlichste. Ich war am fürchterlichsten. Ein Monster.

TEUFEL: *(schreit wütend, alle verstehen es)* Jetzt ist aber Schluß, ja?! Sie reißen sich gefälligst zusammen!

JEDERMANN: Darf ich vorstellen: das ist mein Trouble-Shooter! Der beste Ratgeber, den ich je hatte. Ihm ist alles zu verdanken. Ohne ihn wäre ich nichts. Glaubt er. *(Zum Teufel:)* Nicht wahr?

TEUFEL: Ich habe Ihnen das Unternehmen gerettet!

JEDERMANN: Danke! Danke vielmals! Sie sollten mich aber lieber nicht mehr anschreien. Sonst sind Sie draußen.

Der Teufel beherrscht sich mühsam.

JEDERMANN: Ist das klar?

TEUFEL: *(demütig)* Natürlich, Herr Generaldirektor! Entschuldigen Sie!

JEDERMANN: Ab jetzt bin ich wieder mein eigener Herr! Ist das klar?

TEUFEL: *(wieder frech)* Oh, mit Verlaub, das waren

Sie immer. Überschätzen Sie mich nicht, Herr Generaldirektor!

JEDERMANN: Ja, das sollte ich nicht tun, Sie haben recht. Ich bin verantwortlich. Ich! *(Schaut die Kinder an:)* Deshalb auch dieser ungebetene Besuch. Tut mir leid, ihr seid zu weit weg für mich. Zu viele auch. Zu viele. Ich kenn' euch nicht. Andere kannte ich. *(Schaut die Gäste an.)* Ich hab' nicht nur meine Frau umgebracht, heute, sondern noch jemanden.

SCHULDKNECHT: Ah, fällt's dir ein, was?

JEDERMANN: Er liegt im Fach daneben. Ich hab' seinen Namen gelesen. Und das Fach herausgezogen. Ein gewichtiger Mann. Auch im Tod. Hatte schwer zu tragen an sich. Unfall. Ich ließ ihn pfänden. Wegen 13 Millionen. Heute morgen machte ich ihm ein Angebot, das er nicht ablehnen konnte. *(Zum Teufel:)* Nicht wahr?

TEUFEL: Geschäft ist Geschäft!

JEDERMANN: Ja! Geschäft ist Geschäft!

Schuldknecht steht schweratmend auf, stopft sich noch ein paar Sandwiches in die Taschen, kommt zu Jedermann.

SCHULDKNECHT: Ich hätte an Ihrer Stelle genauso gehandelt. – Na gut, ich hau ab. – Gott, ist mir schlecht! *(Geht weg, dreht sich um, grinst.)* Wir seh'n uns! *(Wendet sich ab.)* Was für eine Strafe! Was für eine Strafe! *(Verschwindet.)*

JEDERMANN: *(zum Dicken Vetter)* Ich hab' Angst, Onkel Georg. Ich hab' wirklich Angst. *(Befehlend:)* Komm her! Los, komm her zu mir!

Dicker Vetter kommt zu ihm.

JEDERMANN: Hilf mir! Tröste mich! Droh' mir! Tu was!

DICKER VETTER: Wer glaubt, muß keine Angst haben!

JEDERMANN: Woran? Woran soll ich glauben? Sag's mir! Ist doch alles Lüge! Alles nur Lüge!

DICKER VETTER: Gott ist keine Lüge.

JEDERMANN: Die Menschen sind Lüge. Also ist Gott Lüge!

DICKER VETTER: Auch die Menschen sind nicht Lüge!

JEDERMANN: Doch! Alle! Alle! Besonders die höchsten, die wichtigsten, die bedeutendsten! Mein lieber Bankdirektor hier. Der Verwalter des großen Geldes. Mit mir hat er seine Karriere begonnen. Wir haben Wertpapiere über die Grenze geschmuggelt. In Millionenhöhe. Wir haben unsere Geschäftspartner hineingelegt, wie wir nur konnten. Mit Luftgeschäften betrogen. Kleine Anleger ruiniert mit Aktien für taubes Gestein. Mit dem Erlös hat er seine Bank gegründet. Die nun die größte des Landes ist. Mit meinem Erlös bin ich bei Vater eingestiegen. Gott, war er stolz! So ein tüchtiger Sohn!

Mammon geht wütend zur Tür.

JEDERMANN: Du gehst schon? Warum denn? Ich erzähl' doch nur von deiner Tüchtigkeit. *(Schreit:)* Du bist mein Geld! Du gehörst mir! Du hast bei mir zu bleiben! Bis zum bitteren Ende! Wenn ich will, geht meine Firma in 10 Sekunden Pleite! Und du mit mir.

Mammon greift nach der Türklinke.

JEDERMANN: Du bleibst!

Mammon zögert, nimmt dann die Hand wieder von der Klinke.

JEDERMANN: So ist es recht. Nimm dir noch ein Glas Champagner und erfreu dich an meiner Geburtstagsparty.

Mammon drückt sich beschämt und zornig zwischen die Gäste, Jedermann schaut sich um, sein Blick fällt auf Werke.

JEDERMANN: Der Herr Gewerkschaftspräsident! Mit einem Stück Leder zu kaufen. Mit einem Fußball. *(Zu den Gästen:)* Er hätte die 15.000 Arbeitslosen geschluckt. Er hätte sie verkauft. Für einen Fußball. Auch alles Lüge.

Werke geht wütend zur Tür, dreht sich um.

Werke: Jetzt ist aber Feuer auf dem Dach, das sag' ich Ihnen! Das können Sie mit mir nicht machen!

Geht hinaus, knallt die Tür zu.

Guter Gesell: So, mir reicht's auch! *(Wendet sich zur Tür.)*

Jedermann: Der Herr Bundeskanzler! Mein alter Freund. Auch käuflich. Käuflich mit Macht. Geld hat er ja genug. Aber er würde alles tun, alle verraten, alle verkaufen, das ganze Land; alle Prinzipien über Bord werfen – um nur eines bleiben zu dürfen: Kanzler!

Guter Gesell: *(hat innegehalten)* Ich entziehe dir hiemit das Duwort. Das wird Ihnen noch leid tun, Herr Generaldirektor! Mit mir hätten Sie sich nicht anlegen sollen. Mit mir nicht. Ich mach' Sie fertig. Und Ihre Erpressungsversuche, die werden Sie noch teuer zu stehen kommen, das versprech' ich Ihnen.

Guter Gesell geht zur Tür, seine zwei Leibwächter folgen ihm, die Tür öffnet sich, Armer Nachbar kommt herein, gleich gekleidet wie am Morgen, die Aktentasche in der Hand.

Armer Nachbar: Ah, der Herr Bundeskanzler! Sie gehen schon?

Guter Gesell will an ihm vorbei hinaus.

Armer Nachbar: Warten Sie! Ich hab' ein Geburtstagsgeschenk für den Herrn Generaldirektor! Das sollten Sie sich nicht entgehen lassen!

Guter Gesell: Interessiert mich nicht.

Armer Nachbar geht auf Jedermann zu, macht seine Aktentasche auf, holt eine Pistole hervor, läßt die Tasche fallen, zielt auf Jedermann. Guter Gesell, der schon beim Hinausgehen war, sieht es, dreht sich wieder um, die Leibwächter mit ihm. Die Gäste – auch Buhlschaft und Mutter – weichen alle aus dem Schußfeld zurück, nur der Teufel bleibt in der Nähe Jedermanns, schaut erstaunt zum Tod, der unbewegt bleibt. Auch die Kinder bleiben bei Jedermann, doch bedrängen sie ihn nun nicht mehr.

JEDERMANN: Na, wunderbar! Endlich einmal jemand mit Konsequenz. Endlich einmal einer, der das Kaufen und Verkaufen nicht mehr schafft. – Mein lieber Nachbar, wer ihn noch nicht kennt. Heute morgen hab' ich ihm seine Firma abgejagt.

Armer Nachbar ist erstaunt und verwirrt über die Reaktion Jedermanns. Einer der Leibwächter zieht seine Pistole, tritt schnell von hinten an den Armen Nachbarn heran, setzt ihm die Pistole an den Kopf.

LEIBWÄCHTER: Ganz ruhig! Keine Aufregung! *(Hält die linke Hand vor.)* Die Pistole!

Armer Nachbar reagiert nicht.

JEDERMANN: Hau ab! Ich brauch' deinen Schutz nicht!

Der Leibwächter ist verwirrt.

JEDERMANN: *(schreit)* Hau ab! Raus!

Der Leibwächter schaut zum Guten Gesell, dieser winkt ihm, der Leibwächter schaut den Armen Nachbarn an, steckt die Pistole ein, geht zur Tür, Guter Gesell verschwindet schon, der zweite Leibwächter auch, der erste Leibwächter schaut noch einmal zurück, geht hinaus, schließt die Tür. Armer Nachbar hat immer noch die Pistole auf Jedermann gerichtet.

JEDERMANN: Na, was ist, Anton? Schieß! Schieß doch! Oder bist du doch zu feige? *(Schreit:)* Los, mach schon!

Armer Nachbar zielt genauer auf Jedermann, sein Finger krümmt sich um den Abzug, er beginnt zu zittern, kann nicht abdrücken, beginnt zu weinen, läßt den Arm mit der Pistole fallen, steht schluchzend da. Jedermann geht auf ihn zu, legt die Hand auf seinen Arm.

JEDERMANN: Komm! Trink was mit mir!

Jedermann führt den Armen Nachbarn zur Bar, macht zwei Whiskies. Die Kinder folgen Jedermann, sind aber nicht mehr aufdringlich. Die Gäste sind erleichtert, daß nichts passiert ist, brechen nun aber alle auf (ausgenommen Tod, Teufel, Buhlschaft, Mutter, Dicker Vetter).

JEDERMANN: Ja, geht nur! Haut ab! Sonst erzähl' ich

über euch auch noch was! *(Sieht Mammon hinausschleichen:)* He, Geld, bleib da! Ich will dich mitnehmen. – Schon weg! Schade!

Jedermann drückt dem Armen Nachbarn das Whiskyglas in die Hand, dieser steckt die Pistole ein, Jedermann stößt mit ihm an.

JEDERMANN: Prost, Anton! Auf dich!

Sie trinken beide. Der Tod setzt sich müde auf einen Ledersessel.

DICKER VETTER: *(tritt heran)* Thomas!

JEDERMANN: Eminenz? Auch einen Drink?

DICKER VETTER: Du kotzt mich an mit deinem Selbstmitleid. Soviel Selbstmitleid kann nur ein Mensch ohne Glauben haben.

JEDERMANN: Verschwinde, Georg! Du siehst, ich hab' zu tun! *(Deutet auf den Armen Nachbarn.)*

DICKER VETTER: Gott sei mit dir! *(Geht zur Tür.)*

JEDERMANN: Ich brauch' ihn nicht. Nimm ihn mit in deine Residenz! Dort gehört er hin.

Dicker Vetter geht hinaus.

JEDERMANN: *(zum Personal)* Ihr könnt auch nach Hause gehn! Die Party ist vorbei! Danke!

Das Personal verläßt den Raum. Jedermann, die Kinder, Armer Nachbar, Buhlschaft, Mutter, Tod und Teufel sind nun allein.

BUHLSCHAFT: Du Narr! Du hast alles kaputt gemacht! Alles!

JEDERMANN: *(lacht)* Es ist schon alles kaputt. Schon lange.

BUHLSCHAFT: So gut sind wir dagestanden. Du hast dich ruiniert mit deinen Rundumschlägen. Idiot!

JEDERMANN: Wovon sprichst du?

BUHLSCHAFT: Von der Firma!

TEUFEL: Der Firma passiert nichts! *(Zeigt auf den Monitor:)* Da!

Alle schauen hin (ausgenommen die Kinder).

BUHLSCHAFT: Sie steigen! – Sie steigen!

ARMER NACHBAR: Deine Kurse?

JEDERMANN: Ja, meine Kurse!

ARMER NACHBAR: *(schaut hin)* Das ist ja unglaublich! – Und ich dachte, du läßt dich von mir erschießen, weil du am Boden bist.

JEDERMANN: *(lächelnd)* Ich bin am Boden!

ARMER NACHBAR: Aber die Kurse steigen. Und wie! Es hört nicht auf. Es hört nicht auf! Das sind ja jede Sekunde Millionen. Abermillionen!

Jedermann schenkt sich Whisky nach, schenkt auch in das Glas des Armen Nachbarn nach, dieser merkt es nicht, weil er so begeistert auf den Monitor blickt.

BUHLSCHAFT: Thomas! So schau doch!

Jedermann schaut achtlos hin, zündet sich eine Zigarette an.

TEUFEL: *(stolz)* Na? Wie haben wir das gemacht?

JEDERMANN: *(ironisch)* Klasse! Klasse, Trouble-Shooter!

BUHLSCHAFT: Thomas! Damit kann dir niemand mehr etwas anhaben. Der Kanzler nicht, der Gewerkschafter nicht.

JEDERMANN: Nein, es kann mir niemand mehr etwas anhaben.

ARMER NACHBAR: *(begeistert)* Ich kann's nicht glauben! Ich kann's nicht glauben! Du bist reich! Unermeßlich reich!

JEDERMANN: Willst du sie haben?

ARMER NACHBAR: Was? Wen?

JEDERMANN: Die Firma.

TEUFEL: *(entrüstet)* Nein!

BUHLSCHAFT: *(gleichzeitig)* Nein!

JEDERMANN: *(zum Armen Nachbarn)* Du kannst sie haben.

ARMER NACHBAR: *(beleidigt)* Komm, mach keine Witze mit mir!

JEDERMANN: Ich mach' keine Witze. Mir ist das Witzemachen vergangen. Leider.

ARMER NACHBAR: *(ungläubig)* Du willst mir deine Firma schenken?

JEDERMANN: Ja.

BUHLSCHAFT: Das ist doch nicht dein Ernst!

ARMER NACHBAR: Aber warum denn?

JEDERMANN: Ich brauch' sie nicht mehr.

BUHLSCHAFT: Bist du jetzt ganz verrückt geworden?

Jedermann geht zu seinem Schreibtisch, nimmt ein Blatt Papier, schreibt mit Füllfeder etwas darauf.

TEUFEL: Nein, verdammt!

Jedermann schaut ihn grinsend an, unterschreibt.

JEDERMANN: *(zu Buhlschaft und Mutter)* Kommt her! Unterschreibt als Zeugen!

Mutter zögert.

JEDERMANN: Na, komm schon, Mutter! Das Privatvermögen bleibt dir.

Mutter kommt her, unterschreibt, Jedermann schaut zur Buhlschaft.

BUHLSCHAFT: Du spinnst ja! *(Zeigt auf das Blatt:)* Ich unterschreib' da nicht! Du bist nicht zurechnungsfähig! Ich ruf' jetzt den Primarius an! *(Geht zum Schreibtisch, nimmt ein Telefon.)*

JEDERMANN: Willst du mich entmündigen lassen, oder was?

Buhlschaft schaut ihn an, legt wieder auf.

BUHLSCHAFT: *(zu Mutter)* Warum machen Sie da mit? Das ist doch absolut verrückt!

MUTTER: Er muß selber wissen, was er zu tun hat.

BUHLSCHAFT: *(zum Teufel)* Unternehmen Sie doch was! Bitte!

TEUFEL: Tut mir leid, er befolgt meinen Rat offenbar nicht mehr. Oder irre ich mich, Herr Generaldirektor?

JEDERMANN: Nein, Sie irren sich nicht, Trouble-Shooter!

TEUFEL: Sie sind nicht sehr dankbar.

JEDERMANN: Legen Sie Wert auf eine so gute Eigenschaft?

Der Teufel schaut wütend.

JEDERMANN: Ich bin Ihnen dankbar. Es hat sich einiges geklärt.

TEUFEL: *(bitter)* Das war aber nicht der Zweck der Übung.

JEDERMANN: Was denn?

Der Teufel antwortet nicht.

JEDERMANN: *(zu Buhlschaft)* Unterschreibst du nun oder nicht? *(Schaut zum Tod:)* Sonst macht es mein treuer Heinrich. Nicht?

TOD: Ja.

BUHLSCHAFT: *(verzweifelt)* Ich versteh' es nicht!

JEDERMANN: Es ist ganz einfach zu versteh'n. Es geht mir nicht gut. Das hast du doch gemerkt inzwischen.

BUHLSCHAFT: Ja, dann leg' dich ins Krankenhaus, wenn's dir nicht gut geht! Bitte!

Jedermann schüttelt lächelnd über ihren Unverstand den Kopf.

BUHLSCHAFT: *(bricht in Tränen aus)* Aber warum denn nicht?

Jedermann steht auf, geht zu ihr, nimmt sie in den Arm.

JEDERMANN: Magst du mich?

BUHLSCHAFT: Ja! Natürlich!

JEDERMANN: Auch wenn ich die Firma ihm *(deutet auf den Armen Nachbarn)* gebe?

BUHLSCHAFT: Natürlich! Ich bin nicht die Tipse, die hinauf will.

MUTTER: Es tut mir leid, Rita. Ich muß mich bei Ihnen entschuldigen.

BUHLSCHAFT: Nicht notwendig! *(Lächelnd:)* Ich steh'

schon auf High Life, so ist das nicht! Aber mir genügt auch die Billigausgabe!

JEDERMANN: Dann unterschreib, bitte!

Buhlschaft geht zum Schreibtisch, unterschreibt. Jedermann gibt das Papier dem Armen Nachbarn, der schaut es an, kann es noch immer nicht glauben.

ARMER NACHBAR: Das ist kein übler Scherz?

JEDERMANN: Nein, Anton. Nur der Versuch einer Wiedergutmachung. Ist ohnehin nicht möglich. Reine Sentimentalität.

ARMER NACHBAR: Ich muß nach Hause! Ich muß es meiner Familie sagen! *(Gibt Jedermann die Hand:)* Danke, Thomas! Danke!

JEDERMANN: Die Waffenproduktion solltest du aufgeben.

ARMER NACHBAR: Was?

TEUFEL: *(mit Ingrimm)* Das ist ja wohl nicht dein Ernst!

ARMER NACHBAR: Das ist ja wohl nicht dein Ernst! Wir leben in einer Blütezeit! Die Supermächte rüsten ab, und die anderen Länder auf! Endlich kann man wieder Kriege führen, ohne einen Weltkrieg befürchten zu müssen! Die islamische Welt wird neu geordnet! In Afrika ist Bürgerkrieg! Lateinamerika ein Eldorado! Das wird das Geschäft des Jahrtausends! Entschuldige, Thomas, wenn ich das sage, aber ich glaube, du bist gerade noch zum richtigen Zeitpunkt abgetreten! Du hättest sonst wirklich die Firma ruiniert!

Armer Nachbar schaut noch einmal ungläubig das Papier an, rennt zur Tür, stolpert dabei über seine Aktentasche, hebt sie auf, schließt sie, rennt hinaus.

JEDERMANN: *(zum Teufel)* Ja, Trouble-Shooter! Es ist soweit. Sie sind entlassen! *(Zückt Scheckheft und Kugelschreiber:)* Ihr Honorar?

TEUFEL: Das hol' ich mir schon! Zu gegebener Zeit! Für den Moment war meine Hilfe umsonst.

Der Teufel geht zu seinem Personalcomputer, klappt ihn zusammen, geht zum Lift, drückt auf Taste, die

Türen öffnen sich, der Teufel steigt ein, drückt auf Taste, die Türen schließen sich, der Lift fährt nach U 1. Jedermann hat dem Teufel nachgeschaut, schaut jetzt zu Buhlschaft, geht zu ihr, schaut sie an.

JEDERMANN: Sag mir, würdest du weiterleben wollen, wenn ich tot bin?

Buhlschaft schaut ihn erstaunt an, antwortet nicht.

JEDERMANN: Entschuldige. Ein kleiner Rückfall. Ich mag dich. Du Schöne. Vielleicht kann ich dein Bild behalten. – Ich würde jetzt gern ein wenig allein sein, wenn es euch nichts ausmacht.

MUTTER: Ja. Ist gut. *(Kommt zu ihm, küßt ihn auf die Wange.)* Leb wohl, mein Sohn!

JEDERMANN: Leb wohl, Mutter!

MUTTER: *(zu Buhlschaft)* Na, wie wär's, Frau Rita? Geh'n wir noch was trinken, zusammen?

BUHLSCHAFT: *(freut sich über die Anerkennung)* Gern, gnädige Frau!

MUTTER: Na, dann kommen Sie! *(Zum Tod:)* Gute Nacht, Heinrich!

TOD: *(steht auf)* Gute Nacht, Frau Generaldirektor!

Mutter geht zum Lift, Buhlschaft schaut Jedermann an, hat plötzlich Angst, er zieht sie kurz an sich, aber nicht zu sehr, damit es ihr nicht auffällt, sie merkt aber doch etwas von seinem Abschiedsschmerz, schaut ihn an, er lächelt, küßt sie auf den Mund, schiebt sie dann leicht von sich weg, sie zögert, schaut ihn an. Der Lift kommt, es klingelt, die Türen öffnen sich, Buhlschaft schaut zum Lift, wieder zu Jedermann; er lächelt sie an, sie geht zum Lift, Mutter steigt ein, Buhlschaft folgt ihr, schaut zu Jedermann, es tut ihr plötzlich sehr weh, sie spürt einen großen Trennungsschmerz.

JEDERMANN: Mutter!

MUTTER: Ja?

JEDERMANN: Grüß mir meinen Sohn. Sag ihm, ich mag ihn. Er ist anders als ich.

MUTTER: Ich sag's ihm.

Mutter drückt auf Taste, die Lifttüren schließen sich, der Lift fährt nach U 1. Jedermann schaut den Tod an, schaut zu den Kindern, die jetzt ganz ruhig zu seinen Füßen sitzen, schaut zum Monitor, geht zum Schreibtisch, drückt auf Taste, der Monitor erlischt, er drückt auf andere Taste, die Raumbeleuchtung geht aus, nur mehr die Lichter der Stadt erhellen den Raum. Jedermann schaut zu den Kindern, geht zu ihnen, setzt sich zu ihnen auf den Boden.

JEDERMANN: Ja ... Ich wollte es nicht einsehen. Ich wollte nicht darüber nachdenken. Daß ich es war. *(Zum Amputierten Kind:)* Meine Kanonen haben dir die Beine weggeschossen. Dir *(zum Hungernden Kind)* hab' ich das Brot genommen, und dir *(zum Hustenden Kind)* die Luft, die gute Luft. Irgendwie hab' ich mich natürlich schuldig gefühlt, ganz tief drinnen in mir. Und wenn man sich schuldig fühlt, kommt man entweder zur Einsicht oder man wird wütend. Ich wurde wütend. Und hab' euch weiter das Leben genommen, die Gesundheit, das Brot. – Was soll ich tun? Es ist geschehen. Es ist nicht zu ändern. Es ist zu spät. *(Schaut die Kinder an.)* Das tut mir leid.

Jedermann starrt vor sich hin, die Kinder ziehen sich unmerklich zurück, verschwinden schließlich. Der Tod, der ruhig und abwartend dastand, kommt nun langsam auf Jedermann zu, bleibt vor ihm stehen, Jedermann blickt hoch, steht langsam auf.

JEDERMANN: Ist es Zeit?

TOD: Ja, es ist Zeit.

JEDERMANN: Stört es dich, wenn ich noch eine rauche?

TOD: Aber nein, ich bitte Sie.

Jedermann zündet sich eine Zigarette an, macht sich an der Bar noch einen Drink.

JEDERMANN: Das war ein langer Tag.

TOD: Ja. Ein langer Tag.

JEDERMANN: Der längst meines Lebens.

TOD: So ist es immer.

JEDERMANN: *(kommt her)* Ja?

TOD: Ja. Immer.

JEDERMANN: Kannst du dich erinnern, wie mein Vater gestorben ist?

TOD: Natürlich! Ich war ja dabei.

JEDERMANN: *(lächelt)* Ja, natürlich!

TOD: In der alten Zentrale. An seinem Schreibtisch.

JEDERMANN: Es ging ganz leicht, nicht?

TOD: Ja, er ist leicht gestorben. Ganz schnell. Ohne Widerstand. Er war alt.

JEDERMANN: Er war anders als ich. Nicht so skrupellos. Ein Vater. Auch seiner Mitarbeiter.

TOD: Das ist die Zeit.

JEDERMANN: Ja. Vielleicht. Eine skrupellose Zeit. – Er hat an Gott geglaubt. Vielleicht war es das.

TOD: Vielleicht, ja.

JEDERMANN: Ich kann nicht an Gott glauben.

TOD: Vielleicht glaubt Gott an Sie, Herr Generaldirektor!

Jedermann lächelt, trinkt aus, stellt das Glas ab, macht einen letzten Zug von der Zigarette, drückt sie aus, schaut den Tod an, lächelt mit leiser Angst.

JEDERMANN: Wenn's sowas geben sollte wie Gerechtigkeit, nachher ... Dann müßte ich schon kräftig eine draufkriegen, Nicht?

TOD: Ach, es wird nichts so heiß gegessen ...

JEDERMANN: Na, dann ...

Sie schauen sich an, Jedermann hat elendige Angst.

TOD: Es ist gleich vorbei. Keine Angst.

Der Tod berührt Jedermann ganz sachte am linken Arm, Jedermann bekommt einen Herzinfarkt, schnappt nach Luft, hält seine Hand ans Herz, stürzt nieder, liegt zusammengekrümmt und stöhnend am Boden.

TOD: *(leise)* Ist gleich vorbei.

Jedermann stirbt. Ist tot. Der Tod schaut eine Weile auf ihn hinunter, geht dann zum Lift, drückt auf die Taste, der Lift kommt von U 1 herauf, die Türen öffnen sich, der Tod steigt ein, drückt auf Taste, die Türen schließen sich, der Lift fährt zum Erdgeschoß, gleichzeitig schießt das weiße Dreieck von oben herunter, das Zeichen G leuchtet auf, die Lifttüren öffnen sich, in der Kabine das strahlend weiße Licht, Gott Vater, Gott Sohn und Gott Heiliger Geist (gekleidet wie zu Beginn) treten heraus, die Lifttüren schließen sich, die Drei gehen vor zu Jedermann, schauen ihn an.

GOTT VATER: Na ja ...

GOTT SOHN: So ein Häuflein ...

GOTT VATER: Wie immer.

GOTT SOHN: Er berührt mich aber. Das verstehst du nicht.

GOTT VATER: *(drohend)* Du, fang nicht schon wieder an!

GOTT HEILIGER GEIST: Ja, ich kann das leider nicht nachvollziehen! Für mich sind die immer ein Häuflein! Auch wenn sie noch herumrennen und sich aufspielen! Kindisch irgendwie! Wirklich kindisch!

GOTT SOHN: Ach du! Du hast ja keine Ahnung! Du –

GOTT HEILIGER GEIST: *(unterbricht)* Wehe, du sagst, ich soll über den Wassern schweben!

GOTT SOHN: *(grinsend)* Sag' ich ja nicht!

GOTT HEILIGER GEIST: Wird auch gut sein!

GOTT SOHN: Obwohl das sicher der beste Einsatzort wäre für dich! Dein Schweben über den Menschen hat ja leider nicht viel gebracht!

GOTT HEILIGER GEIST: Vater! Muß ich mir das immer –

GOTT VATER: *(unterbricht)* Ruhe! Gebt doch Ruhe! Ihr seid wirklich furchtbar! *(Zu Jedermann:)* Steh auf!

Jedermann steht langsam auf, Gott Sohn hilft ihm hoch. (Der eine Körper Jedermanns bleibt am Boden liegen.) Jedermann schaut die Drei an, Gott Vater deutet zum Lift, Jedermann richtet seine Smokingjacke, geht langsam auf den Lift zu, die Lifttüren öffnen sich, ein Höllenlärm bricht los, Kriegslärm ist es – Geschützdonner, Bombenexplosionen, MG-Feuer, Hubschrauberknattern etc. Zu sehen ist eine endlose Wüstenlandschaft mit Rauchpilzen, Explosionsblitzen etc. Tod und Teufel kommen gerade heran (in traditioneller Gestalt wie zu Beginn), treten aus der Wüste in den Raum, schauen Jedermann an, der stehengeblieben ist, gehen zu den Dreien. Jedermann schaut in die Wüste, dreht sich um, schaut die Drei an, hat Angst, Gott Vater winkt ungeduldig, er soll weitergehen, Jedermann tut es, geht in die Wüste, die Lifttüren schließen sich, damit verstummt auch schlagartig der Kriegslärm.

GOTT VATER: *(zum Tod)* Du hast ihn zweimal gewarnt, nicht wahr?

TOD: Ja, mein Herr und Gott. Ich war so frei.

GOTT VATER: Na, gut ... Er hat's gebraucht, wie wir sehen konnten. *(Zum Teufel:)* Ich danke dir. Du hast das Deine getan.

TEUFEL: Ich hab's nicht geschafft! Leider!

GOTT SOHN: *(grinsend)* Er hat dich auf's Kreuz gelegt, nicht wahr?

TEUFEL: *(zu Gott Sohn)* Du hast ihn auch gewarnt! Über seine Mutter! *(Zu Gott Vater:)* Das ist wirklich unfair!

GOTT VATER: Du hattest trotzdem deine Chance.

GOTT SOHN: *(zum Teufel)* Es ist dein altes Problem. Du treibst alles auf die Spitze, mit deinem maßlosen Ehrgeiz. Und dann, ganz oben, am Höhepunkt der Eskalation, geht ihnen plötzlich der Knopf auf. Das ist dein Pech. Du solltest dich mit weniger begnügen. Dann würdest du mehr erreichen.

TEUFEL: Der gibt mir Ratschläge, wie ich meinen Job ausführen soll!

GOTT SOHN: Entschuldigung! Vergiß es! Ist auch besser so. Kann mir nur recht sein, wenn deine Methoden nicht greifen.

TEUFEL: Na, ganz kann ich ja nicht versagt haben. Sonst hätt' er ihn ja nicht in die Wüste geschickt!

GOTT SOHN: Ja ... *(zu Gott Vater:)* Was willst du damit beweisen?

GOTT VATER: Nichts. Ich will nichts beweisen. Ich muß doch nichts beweisen!

GOTT SOHN: *(deutet auf den Lift)* Ist das notwendig?

GOTT VATER: *(sanft)* Sohn! Geht das Kamel durch's Nadelöhr?

GOTT HEILIGER GEIST: *(zu Gott Sohn)* Reinigung! Sein Geist muß gereinigt werden! Gründlichst! Und wenn es ewig dauert! Aber das ist dir ja egal! Dich interessiert ja der Geist nicht! Du mit deinem Körper! *(Hebt die Hände:)* O Haupt voll Blut und Wunden!

Gott Sohn mag gar nicht mehr auf die Provokation eingehen.

GOTT SOHN: *(schaut zum Lift, dann zu Gott Vater)* Aber er schafft es doch? Zu den grünen Wiesen. Nicht wahr?

Gott Vater hebt die Hände (»vielleicht«), Gott Sohn schaut ihn mißmutig an, geht zum Lift, Gott Vater, Gott Heiliger Geist, Tod und Teufel folgen ihm, die Lifttüren öffnen sich, in der Kabine das strahlend weiße Licht, alle treten ein, die Lifttüren schließen sich, das weiße Dreieck rast hoch und gleichzeitig der glühend rote Zacken nach unten.

ENDE

Das Stück »Ein Jedermann« wurde von Otto Schenk initiiert und entstand als Auftragswerk für das Wiener »Theater in der Josefstadt« (Direktion Otto Schenk, Robert Jungbluth).

Uraufführung: 10. Jänner 1991

Regie: Erwin Steinhauer, Bühnenbild: Heinz Hauser, Kostüme: Monika Zallinger, Musik: Werner Pirchner.

Besetzung: Kurt Heintel (Gott Vater), Elsayed Kandil (Gott Sohn), André Pohl (Gott Heiliger Geist), Bernhard Schir (Teufel), Hannes Thanheiser (Tod), Helmut Lohner (Jedermann), Vilma Degischer (Jedermanns Mutter), Mercedes Echerer (Jedermanns Frau), Eugen Stark (Guter Gesell), Albert Rueprecht (Armer Nachbar), Fritz Holzer (Schuldknecht), Jutta Speidel (Buhlschaft), Robert Werner (Dicker Vetter), Harald Harth (Dünner Vetter), Hans Wolfgang Pemmer (Mammon), Kurt Sobotka (Werke), Abel Ongeri, Ibrahim Ongeri, Maximilian Mayerhofer, Jennifer Nejo, Richard Nzekwu (Kinder), Sarah Barret (Engelsstimme-Sopran).

Bundesdeutsche Erstaufführung März 1991, Bayerisches Staatsschauspiel (Intendanz Günther Beelitz), München. Regie: Hansjörg Utzerath, Ausstattung: Marietta Eggmann/Ernst Wiener.

Besetzung: Michael Degen (Jedermann), Lola Müthel, Horst Sachtleben, Andreas Wimberger, Gerd Anthoff, Guntram Brattia, Georg Weber u. a.

FELIX MITTERER
IM HAYMON-VERLAG:

SIBIRIEN
Ein Monolog

12 x 20 cm, Efalin mit Schutzumschlag, 80 Seiten

MUNDE
Das Stück auf dem Gipfel. Mit einem Tagebuch des Autors und Fotos von Sepp Dreissinger

16 x 24 cm, broschiert, 96 Textseiten und 48 Bildseiten

DIE KINDER DES TEUFELS
Ein Theaterstück und sein historischer Hintergrund. Mit Beiträgen von Heinz Nagl, Norbert Schindler und Meinrad Pizzinini

14 x 21 cm, broschiert, 176 Seiten, 7 Abbildungen

KEIN SCHÖNER LAND
Ein Theaterstück und sein historischer Hintergrund. Mit Beiträgen von Hans Thöni und Gretl Köfler sowie zahlreichen Dokumenten aus der NS-Zeit

14 x 21 cm, broschiert, 160 Seiten

2,50

1/50